龍王の譜

剣　柳生俊平 16

麻倉一矢

時代小説

二見時代小説文庫

目次

龍王の譜——剣客大名 柳生俊平《としひら》16

龍王の譜――剣客大名　柳生俊平16・主な登場人物

柳生俊平《やぎゅうとしひら》……柳生藩第六代藩主。将軍家剣術指南役にして将軍吉宗《よしむね》の影目付《かげめつけ》。

伊茶《いさ》……浅見道場の鬼小町と綽名された剣の遣い手。想いが叶い俊平の側室となる。

綾乃《あやの》……吉宗の改革により大奥を出され、諸芸で身を立てようと町家に暮らすお局方の束ね役。

大樫段兵衛《おおがしだんべえ》……筑後《ちくご》三池《みいけ》藩主・立花貫長《たちばなやすなが》の異母弟。兄と和解し、俊平の義兄弟となる。

風次郎《ふうじろう》……柳河《やながわ》藩主・立花貞俶《さだよし》より、江戸に住む妹姫妙春院《みょうしゅんいん》に預けられた将棋指し。

伊藤柳之助《いとうりゅうのすけ》(看寿《かんじゅ》)……寺社奉行管轄下の将棋御三家、伊藤家の若先生ながら表に立ちたがらない。

伊藤宗看《いとうそうかん》……伊藤家の当主。病により長時間は将棋を指せず養子縁組を模索する。

大橋宗桂《おおはしそうけい》……将棋御三家のひとつ、大橋本家の当主が代々名乗る名前。

天野宗順《あまのそうじゅん》……風次郎の将棋の師匠。将棋御三家にも挑んだことがある伝説の人物。

玄蔵《げんぞう》……遠耳《とおみみ》の玄蔵と呼ばれる幕府お庭番。吉宗の命《めい》により俊平を助ける。

松平乗邑《まつだいらのりさと》……下総佐倉藩《しもうささくらはん》、初代藩主。吉宗の享保の改革を推進する老中首座。

多佳《たか》……本所の鬼灯《ほおずき》長屋に一人で暮らし、絵師を目指す娘。

川島庄右衛門《かわしましょうえもん》……仙台藩士、米奉行を務める男。実力は藩内一と自負するほどの将棋好き。

立花貫長《たちばなやすなが》……一万石同盟を結んだ筑後三池藩一万石藩主。十万石の柳河立花藩は親藩。

一柳頼邦《ひとつやなぎよりくに》……伊代小松《いよこまつ》藩一万石藩主。一万石同盟を結び義兄弟となる。伊茶の兄。

第一章　湯屋の賭《か》け将棋《しょうぎ》

一

将軍家剣術指南役柳生俊平《やぎゅうとしひら》とその妻伊茶《いさ》は、元大奥《おおおく》お局《つぼね》方の館《やかた》の前で立ち止まり、格子戸に手をかけると、ふと内から伝わってくる熱気に圧倒され、

――おお、これはやっておるな。

と笑って顔を見あわせた。

この館の女たちはみな、将軍吉宗《よしむね》の倹約令によって大奥から追い出され、やむなく女どうし身を寄せ合い、習い事を教えはじめたお師匠《ししょう》さまたちである。

日頃はみなしとやかな女たちだが、さすがに元お中臈《ちゅうろう》、今日はずいぶん勝手がちがうものと、俊平も伊茶も目を白黒させた。

――大奥から解き放たれて、もはやずいぶんと歳月も流れました。久しぶりに昔を振りかえり、ささやかな夕べをもちたいと存じます。つきましては、柳生さま、奥方様ともども、遊びにいらしてくださいまし。

達筆な女文字でしたためた招待状を受け取った俊平は、

――はて、なにが始まるのか。

と期待に胸を膨《ふく》らませ、館を訪ねてきたのであった。

「まあ、これは柳生さま、伊茶さま。ご来訪いただきましたのに、お迎えもできず、申し訳ございません」

いつもは姉さまぶった歳嵩《としかさ》の綾乃《あやの》が、いくぶん浮かれた調子で言う。部屋が騒がしすぎて、二人の来訪に気づかなかったという。

「そなた、なんとも華やいだ色打掛《いろうちかけ》を着こなしておるの。いったい、これはどうした風の吹きまわしだ」

「じつは、これはあの頃大奥で身に着けておりましたものでございます。さいわい、虫に食われることもなく、昔のままに着られます」

嬉しそうに袖《そで》を伸ばして綾乃が言う。

「こうして見ると大した威厳よの。そなたも大奥では、中臈づとめをしていたと聞く。

今日はみな、そのような昔の装《よそお》いにもどっているのだな。まるで、我ら大名とて近寄れぬ大奥へ彷徨《さまよ》い込んだような心地だ」

俊平が、笑いながら言うと、

「そう言っていただきますと、みな喜びましょう」

綾乃が、二人を奥に案内しながら言った。

「それにしても、この熱気はいったいなんなのだ。いつものそなたらとまるでようすがちがうではないか。とても、昔を懐かしんでおるだけには見えぬ」

「みな、遊び心に興奮しておるのでございます。大奥にいた頃からもう二十年以上の歳月が流れておりますのに。なんとも、年甲斐《としがい》もないことでございます」

綾乃は含み笑うが、それ以上を語らない。

「さあ、こちらでございます。伊茶さまも」

綾乃は、軽い足どりで二人を奥へ導き、また振りかえって笑みを浮かべた。

みなが一同に集まる広間には、めずらしく大樫段兵衛《おおがしだんべえ》の姿があった。

男客もちらほら、そのなかに、どこか飄々《ひょうひょう》とした趣《おもむき》の若者がいる。顔に煤《すす》がついているのは、いったいどうしたことか。

もう三人ほど、男がいた。これは、お局様の弟子たちなのだろう。みな、商家の若旦那《だんな》ふうの男たちであった。

女たちはみな打掛姿で、華やかな色彩に飾りたて、まるで大奥にいる若い中臈のように振る舞っている。

酒に、朱塗りの大盃、肴《さかな》はそれぞれが手提げ弁当を用意し、好物をつまんでいた。

だいぶ酒がまわっているのであろう、赤ら顔の女たちは、いっそう華やいで見える。

「これは華やかな宴《うたげ》となったな。だが、みなこぞってこのように振る舞うのは、初めて見た気がする」

「さようでございましょう。私たちといたしましても、昔にかえって、これほど大奥気分に浸るのは何年ぶり、いや何十年ぶりかと思っております」

「それは、ちと大仰《おおぎょう》であろうが――」

「でも、明日から懸命にはたらかなくてはなりません」

「それで、みな、なにをして愉《たの》しんでいるのかの」

俊平が、ぐるりと一同を見まわせば、思い思いに遊具を愉しんでいる。

双六盤《すごろくばん》や将棋盤《しょうぎ》といったものを出し、みな真剣な眼差しで対局している。

あちらでは、数人が紙の双六を楽しんでいる。

一方、盤双六は現代では廃《すた》れてしまったが、紙上で賽をまわし駒をすすめる今日のものとはちがい、将棋盤のような木製の盤上で賽を振る遊びで、白組と黒組に分かれ、駒を早く陣に進めた者が勝ちである。

賽の目の出方で勝敗が決まるところがあり、賭博《とばく》要素が強いため、みな熱くなる。雪乃《ゆきの》など真剣な表情で、相手の石を睨み据え、目の色を変えている。

「あちらの紙双六には、吉野《よしの》さんが考案した奥奉公《おくぼうこう》出世双六なるものもございます」

「奥奉公――？」

「奥務めの女たちが身分や役職を変え、大奥で出世していくのでございます」

「さすればいちばんは老女（お年寄《としより》）とお部屋様かな。奇妙なものを考え出したものだな」

『奥奉公出世双六』は、後《のち》の三代目歌川豊国《うたがわとよくに》（歌川国貞《くにさだ》）が壮麗な錦絵《にしきえ》で絵双六を描いたことでも名高い。

「大奥は、女たちにとって憧れの場なのでございます。今の世、諸大名も戦国のように天下は取ることはできませぬが、女ならば、将軍の母となって天下に名を成すこともできるのでございます」

「なるほど、それは、理屈でございます」

伊茶も、相好《そうごう》を崩して笑った。

見れば、それぞれのマスの中に、各役職の務めが緻密《ちみつ》に描き込まれ、女たちが働いている。老中はおろか、将軍さえも動かすという大奥の女たちの姿は、なるほど堂々として威厳に満ちている。

ふと段兵衛に目を移すと、先ほどの顔に煤のついた若い風来坊のような男とともに、将棋盤を囲んでいた。

その若い男は、志摩《しま》と対局しているのである。

大奥では、意外にも女たちの間で将棋が人気と聞いていたが、まさか、志摩が将棋を指すとは、俊平も知らなかった。

「志摩さんは、あれで将棋が大変お強かったのですよ。大奥では、いちばんと言っていいほど。まず、誰にも負けることがありませんでした」

綾乃が目を輝かせて言う。

「ほう、それは大したものだ」

だが、その志摩が若い風来坊を相手に苦戦のようすである。

それを、もう一人、おそらく吉野の弟子であろう、若旦那ふうの男が真剣な表情で将棋盤を覗き込んでいる。

俊平は、面白そうに伊茶と顔を見あわせ、その一群に近づいていった。

「段兵衛、どうだ、今日は早いの」

「おお、俊平か。今日は暇でな。花火工房の男を一人連れてきた。奴は強いぞ」

「ほう」

俊平は、盤面を睨むいかにも田舎者《いなかもの》らしい若者の顔を、あらためてうかがった。

飄々とした顔立ちで、明るいと言えば明るいが、見ようによっては阿呆《あほう》かと思えるほど、屈託《くったく》のない顔をしている。

猪の首の上に、将棋の駒のような角ばった顔が乗り、深く思案しているのか、口もとはしっかり結ばれていた。

「何処《どこ》の誰なのだ」

「風次郎《ふうじろう》という。柳河《やながわ》の者だ。義兄の立花貞俶《たちばなさだよし》殿のところが擁《よう》する花火職人でな。このたび人手が足りず、妻の妙《みょう》春院《しゅんいん》のところへ送られてきた。ところが、生来花火づくりは大嫌いだという。将棋ばかりして、やたらに強くなったらしい。柳河一という噂だ」

「柳河一か。それは凄《すご》そうだの」

「わしも将棋はやるが、とてもではない、敵《かな》わぬ。おそらく……」

「なんだ」

「おぬしでも、勝てまい」

段兵衛は、俊平をうかがいながら見て言った。

「まことか」

俊平は、わずかに顔を引きつらせた。

たしかに将棋は素人《しろうと》だが、剣術稽古の後で、きまって将軍吉宗の相手をし、負けたためしがない。その俊平がまず勝てまいと段兵衛が言うのなら、この風次郎が、どれほど強いか、推《お》して知るべしと言える。

風次郎は、まるでお局の志摩など相手にならぬといったようすで、盃の酒をぐびぐび飲み、肴を美味《うま》そうにつまんで、飄々と次の手を待っている。

女たちはこの熱戦に引き込まれるように寄ってきて、志摩に声援を送っていた。しかし、しだいに勝負にならぬと知って、茫然と風次郎を見つめはじめた。

そのようすを見て、吉野が面白がって、弟子のやさ男に小声をかけた。

その男が、吉野に寄り添って風次郎のところにくると、どれっと勝負の盤面を覗き込む。

「これでは、勝てぬよ」

やさ男が小声で言う。

この男も、将棋をよく知っているらしい。

あまりに簡単にそう言うものだから、俊平も段兵衛も男を見かえした。

「あたしの負けのようでございますね」

志摩が、悔しそうに言った。

「残念だが、そのようだ」

段兵衛が、慰《なぐさ》めるように志摩に言った。

「それにしても風次郎、おまえはなんとも強いの」

「なあに、世間にはもっと強い奴がいるはずだ」

風次郎が飄々とした口ぶりで言った。

「そうとも思えぬが。これまで、いったいどんな奴らと勝負した」

段兵衛が、さらに訊《たず》ねた。

「長屋の将棋好きのご隠居と、十戦ほどしたが――」

「どうであった」

「まるで、赤子の手をひねるようなものであった。だが、江戸ではまだまだ将棋で飯は食えまいな」

風次郎が、考え込むように言う。

「こいつはな、花火の玉を作る職人なのだが、とにかく仕事が嫌いなのだ。なかば、江戸へ逃げてきたらしい」

「逃げてきたと申しても、妙春院どのの花火工房におるのなら、同じことであろうにな」

俊平が、苦笑いして言った。

柳河藩の出戻り姫妙春院は、藩の窮乏を助けるため、江戸で花火工房を立ち上げたが、あいにく江戸では花火は鍵屋《かぎや》の専業で、妙春院は、その下請けに甘んじるほかない。それでも、それなりに仕事を請負い、多忙な毎日であった。

「面白い男だ。されば、私と勝負するか」

吉野の弟子のやさ男が、身を乗り出した。

「まあ、柳之助《りゅうのすけ》さま」

吉野が、驚いて男の顔を見た。

「うむ。やってみたい」

男は、本気のようである。

どこかの商人といった顔の表情から、いつの間にか、まるでちがう引き締まったようすに変わっている。

「そなたは？」

段兵衛が、風次郎に代わって訊ねた。

「私は柳之助だ。吉野さんの弟子だよ」

柳之助は、てきぱきと駒を並べ、さあ、どうだといった顔で、のんびり駒を並べはじめた風次郎を待っている。

どうやら、この男も只者ではない、と俊平はあらためて柳之助をうかがった。

「おい、吉野。この人はどなたなのだ」

俊平が訊ねた。

「あたしのお弟子さん。でも、じつは将棋御三家《ごさんけ》の一つ、伊藤家《いとうけ》の若旦那とか。将棋は嫌いで、むしろ指し将棋よりも詰将棋《つめしょうぎ》のほうが面白いとかとうそぶいているけれど、真剣な時は真剣なのですよ」

吉野がちょっと自慢げに言った。吉野も将棋は好きらしい。

「ほう、伊藤家の……。それなら、強かろう」

「まあ、商人じゃないから、若旦那じゃなくて、若先生というところでしょうけど。いつもは、私の三味線《しゃみせん》のかわいいお弟子さんですよ」

吉野はそう笑って言うが、柳之助の真剣な表情を見て、二人はあらためて顔を引き締めた。

勝負は、序盤から中盤まで一進一退かに見えたが、後半に差しかかるや、意外にも柳之助のほうが一気に崩れた。

俊平も段兵衛も、目を見張った。

いくら強いとは言っても、田舎の将棋好きの青年が、将棋御三家の一角伊藤家の若先生を倒すとは、思ってもみなかったのである。

この若者が、それほど強いのか、それとも将棋御三家が名ばかりなのか……。

俊平は首をかしげた。

「段兵衛、これは、どうしたことなのだ」

俊平が、小声で段兵衛に尋ねた。

「たぶん、この風次郎が強すぎるのだろう。義兄の立花貞俶殿が妻の妙春院に宛てた書状では、この若者は、まことに比類なき強さだそうだ。九州《きゅうしゅう》における将棋名人では、おそらく相手になるまいと」

「なるほど、それなら話はわかる。私など、とても相手にならぬであろう」

「こうなると、いろいろな相手と闘わせてみたいものだ」

段兵衛が、面白そうに言った。

柳之助は、負けたことをあっさり認め、終盤にはもはや言葉もなく、蒼《あお》ざめて黙り込んでいる。

「柳之助どの、たまには負けることもあろう。今回は、素直に投了《とうりょう》でよかろう」

段兵衛が、笑いながら柳之助の顔をうかがう。

「いやァ、こちらは強い。私が負けそうになった局面も、何度かあった。あなたのように強い相手に出会ったのは、数えるほどしかない。あなたは、どなただ」

風次郎が、柳之助の顔を覗き込んだ。

「なに、私など名乗るほどの者ではない。今日はそなたに完敗だよ。私のことは忘れてくれ」

「そうか――」

柳之助は、屈託ない表情にもどって、盃を取った。

「だが、じつのところ、俺がどれほど強いのか、いまひとつわからねえ。江戸は、広いからな」

「そうか。ならば、湯屋の勝負将棋師と戦ってみろ。江戸での強さが、あらかたわかる」

柳之助が、笑って言った。

「勝負将棋——？」

風次郎が、聞いたことのない話と、柳之助を見かえした。

「湯屋の二階は腕自慢の連中が沢山《たくさん》いる。金や刀剣などを賭けて、勝負をするのさ。あの連中は強い。場合によっては、将棋御三家などより強いかもしれぬぞ」

柳之助が、どこか皮肉げな表情で言った。

柳之助は、どうやら将棋御三家には批判的らしい。

「そいつは面白い。やってみるか」

「そうだ。もし、湯屋の勝負師として誰にも負けぬなら、それで生活はじゅうぶん成り立つだろう」

柳之助が言った。

「ほんとうかい」

風次郎の顔色が変わっている。

「その湯屋は、どこにあるんだ」

「あいにく私は、勝負師と戦ったことがないゆえ、知らぬ」

柳之助が、あっけらかんとした表情で言った。

「わしは、聞いたことがあるぞ。長屋住まいが長かったからの。方々の湯屋に行った。

神田《かんだ》の湯屋松乃湯《まつのゆ》には、たしかそういう勝負師が陣取っていたな」

段兵衛が言った。

「ようし、松乃湯だな。勝負してやる」

風次郎が、意気込んだ。

「だが、おまえ、賭けるものなどあるのか。無ければ、勝負はできぬぞ」

「国許から出て来る時に持ってきた五両のうち、旅の間に遣ったのは二両で、まだ三両ある。それだけあれば足りるか」

「いいだろう」

段兵衛が笑った。

「よし、行く」

「なにやらおまえ、将来が見えてきたな」

段兵衛が風次郎の肩をたたいた。

「いやあ、よかった。妻の妙春院と二人で、こいつの将来を心配していたのだ。おれとしても、好きではない仕事をつづけさせるのも気の毒でな。将棋が好きなら、食えるようにさせてやりたい」

段兵衛が、酒器を俊平に向けて言った。

「いやいや、まだわからねえよ。江戸は広い。柳河では名人だなんて呼ばれていても、はたしてどこまで通用するか」

風次郎が自信なげに言う。

「おまえ、なかなか謙虚でいいな」

段兵衛が言えば、女たちもあらためて風次郎を見かえし、よかった、よかった、と頷いている。

俊平は、お局たちの宴席で、思いがけず新しい将棋指しの誕生に立ち会い、これは面白くなったと胸をときめかせた。

伊茶も興味深げに、風次郎を見つめ、うなずいている。

二

「それにしても、あの日の風次郎は強かったの」

俊平の隣では、段兵衛がどかりと腰を据え、伊茶の淹《い》れた茶を、喉《のど》をならして美味《うま》そうに飲んでいる。

段兵衛は、茶が熱いと目を白黒させたが、あらためて茶碗を見つめ、そのまま喉の奥へ流し込んだ。このところ、段兵衛は稽古のため道場に入りびたりで、ひどく喉が渇くのか、熱くてもかまわぬらしい。

「まあ、申し訳ありません。熱うございましたでしょう」

伊茶が首をすくめて、段兵衛をうかがった。

「なんの、これしき。熱いと思えば熱い。熱うないと思えば熱うない」

「なにやらこのところ、段兵衛は仙人のようになったな」

俊平が冷やかせば、

「わしは今、剣術以外に考えることがない。それに、男は時に一人になりたいものでの。道場は、ちょうどよい。人里離れた仙人が住む村のようじゃ」

「段兵衛、そなた、かなり生活に疲れているのではないか」

俊平が、心配顔で上目づかいに段兵衛を見かえした。

「はて、そう見えるか」

段兵衛が、ぼんやりした顔で頬《ほお》を指で撫《な》でた。

「まあ……」

伊茶がくすりと笑い、頬を染めて段兵衛を見かえした。

「妙春院はよき女だが、いささか情が深い」

俊平が伊茶を見かえし、苦笑いした。

「それにしても、そのような境地になど、私はなったことがないが。私は、まだまだ修業が足りぬかの」

俊平が真顔になって伊茶に訊いた。

「そなたは、もともと非凡で強いのだから、それでよいのだ。私は凡人。稽古をせねば、強くはなれぬ」

「そのようなものでもあるまい。ところで、あの風次郎だ。あ奴は、まことに強かった。その後、どうしておる」

「うむ。ようやく住むところも決まって、落ち着いたようだ」

段兵衛が思いかえして、目を細めた。

「どこに住んでおるな」

「本所《ほんじょ》の鬼灯《ほおづき》長屋なるところだ。妙春院の口利きで、借りることができたそうだ。近所の将棋好きの爺さんどもに気に入られて、あれこれ親切にしてもらっているらしいぞ」

「それはよかった」

「近所の子供に、将棋を教えてやっているとも聞いた。それで、親から幾ばくの小遣いを貰っているらしい」

「だが、それでは食うていけまい」

俊平が言えば、伊茶もうなずいた。

「なに。おいおい考えるであろう」

「ところで、松乃湯の一件はどうなった」

俊平が、ふと思い出してたずねた。

「ああ、勝負師と対戦するという、あれか。やってみたいが、自信がないと言っておった」

「妙な男だの。あれほど強いというに」

「まことよ。そこが面白い」

俊平が、伊茶と顔を見あわせて笑った。

「ところで、あいつだが、どれほど強いのであろうな」

「そのことだ、俊平。柳河藩主の立花貞俶殿から書状が届いての。くれぐれも大切にしてやってくれと伝えてきた」

「ほう、藩主の立花貞俶殿が直々《じきじき》にか」

俊平はあらためて、顎《あご》を撫で、深く吐息《といき》した。

「俊平さま、そのこと——」

伊茶が、前屈みになって俊平に語りかけた。

「なんだ、伊茶」

「昨日、お局さまの館に三味《しゃみ》の稽古にまいりまして、吉野さまから話をうかがいました」

「どういう話だ」

「伊藤家の若先生、柳之助さまのお話です。柳之助さまも、風次郎殿の実力について、あらためて絶賛しておられたそうです」

「そうか。将棋御三家の若先生がそう言うのだから、本物であろう」

「吉野さまのお話では、伊藤家は今、大変なのだそうでございます」

「どういう話だ」

「主《あるじ》の伊藤宗看《そうかん》さまが病がちになり、勝負の場には立てぬ、と申されておられるとか。宗看さまにはお子がおらず、伊藤家の縁者から養子を迎えようと考えられているそうです。しかし、養子に入りたいと申す方もいないのだそうで」

「柳之助殿は、伊藤家の主《あるじ》伊藤宗看殿の弟であろうに」

「柳之助さまは、かたくなに拒んでおられるそうです」

「そうか、そんな感じの人だったな。風次郎とよく似ている。他の御三家から、養子をもらうわけにはいかぬのか。大橋家《おおはしけ》から、養子をもらえばよいではないか」

いわゆる「将棋御三家」を称したのは、大橋本家、大橋分家、伊藤家の三家である。寺社奉行《じしゃぶぎょう》の管轄に属し、名人としての資格や将棋所《しょうぎどころ》は、この三家のなかから選ばれることになっている。

「大橋本家では、五代大橋宗桂《そうけい》殿以降、伊藤家からの養子がつづいています。むしろ、伊藤家から養子をもらう立場にございます」

「それは、知らなかった」

俊平は、伊茶を見かえし頷いた。

事実、当時の大橋家当主、八代大橋宗桂は伊藤宗看の弟であるという。

「柳之助さまは、風次郎さんを門人に加えれば、伊藤家を支えてくれるのではとお考えなのです。吉野様からうかがった話ですが」

「風次郎を門人にだと？」

あまりに突飛《とっぴ》な話で、俊平と段兵衛は目を白黒させた。

「御三家で、近く対抗戦をするそうなのですが、伊藤家の代表として勝負に出てほしいそうです。多分、風次郎さんなら負けないだろうと」

「驚いた話だな。将棋御三家も、落ちたものだ。在野の将棋名人に頼って、家の体面を繕《つくろ》うというのか」

俊平は、段兵衛と顔を見あわせ、うなずきあった。

「だが、そう言ってはかわいそうだぞ。主は、にわかに病を得てしまったのであろう。強い門弟がおらぬのだ」

「わからぬではないが……」

そういえば、門弟にすぐれた人物が乏しいのは、柳生道場とて大して違いはない。

「柳之助さまは、風次郎さんに頼んでみようと、笑いを浮かべて吉野さまに言っていたそうです。むろん、じゅうぶんな手当ては、用意なさるのでございましょうが」

伊茶が言う。

「それなら、まんざら悪い話でもないか。風次郎の生活が、ひとまず安定しよう」

「その前に、段兵衛さまに、湯屋へ風次郎さんを連れていって、その実力を確かめていただけないか、と申しておられたそうな」

伊茶がたたみかけるように言った。

「妙なことを申す。風次郎の実力は、とうに知っておろうに」

「まぐれとまで言わぬまでも、柳之助さまとの対局だけではわからないのでしょう。

勝負将棋で、いまいちど強さを確認してほしいというわけです」

「ならば、わしに松乃湯に連れて行けというのだな」

段兵衛が首をかしげた。

「しかし、段兵衛様のご身分を軽んじておられるようで、気を悪くされたら断っていただいても」

「いや、別にそのようなことはどうでもよいが……」

「面白いではないか。段兵衛。私も行く」

俊平も、にわかに遊びごころを起こし、にやりと笑った。

「だが、風次郎め、先日は弱気なことを申していたからの。乗ってくれるか」

「まあ、それは大丈夫であろう。わしがまたおだててやる」

俊平が任せておけと胸を張った。

「なんだか、面白そうになってまいりました」

伊茶も、妙に話に乗ってきて、目を輝かせている。

江戸の湯屋には二階がある。

ひと風呂浴びた男衆のためのもので、そこで湯上がりの体を冷ますともに、番茶や桜湯、麦湯などを供されて、囲碁《いご》将棋に興じたり、午睡《ひるね》をしたり、足の爪を切ったりと、思い思いにくつろぎのひとときを過ごすのである。

また、女湯の覗き穴などもあって、鼻の下を長くして熱心に下界を食い入るように見る男たちもあった。

武士である柳生俊平は、まず二階に上がり、両刀を預けねばならない。

段兵衛、柳之助、風次郎とともに、急な階段を上がり、二階の広間をのぞいてみると、すでに大勢の人だかりがあり、将棋盤を囲んでいた。

「さすがに、勝負将棋で名を馳《は》せる松乃湯だけのことはあるの」

段兵衛が、にやりと俊平に笑いかけた。

柳之助も、目を輝かせている。

将棋御三家の一角とはいえ、さして高禄ではない伊藤家では、湯屋を使うこともあると見え、勝手はわかっているらしい。

「まずは勝負をいたすといたしましょう」

柳之助が、気負い込んで風次郎を振りかえった。

「ここが、江戸の湯屋でございますか。なんとも盛況でございますな」

風次郎は、江戸の風呂屋に気後《きおく》れしているらしい。

将棋盤を囲む半裸の群衆の向こうに、髭面《ひげづら》の大顔が見えていた。

片手に大きな団扇《うちわ》を持ち、どこかの旦那と対局しているのだが、余裕綽々《よゆうしゃくしゃく》らしく、にが笑いしながら鼻毛をつまんでいた。

延びた月代《さかやき》、顔じゅうにのびた無精髭《ぶしょうひげ》、その尊大な態度から見て、どうやら男は浪人者らしい。

「だが、これはもう、勝負がついているに等しいな」

柳之助が、盤面をちらりと覗き込んで言った。

「ここでは、賭けの勝負をしていると聞いたが」

俊平が、浪人者に尋ねた。

浪人は俊平を見かえし、一瞬怪訝《けげん》な顔をしたが、身分の卑《いや》しからぬ風情《ふぜい》に気圧《けお》されて、丁重な言葉づかいとなった。

「いかにも。おぬし、わしと勝負したいのか」

「いや、私ではない。この若者だ」

俊平が、笑って風次郎を前に送った。

「ほう」

浪人者は、この小わっぱかといった小馬鹿にした眼差しで風次郎を見上げた。

風次郎は、むっとした表情になって、懐《ふところ》を探った。

「俺は、江戸に出て来る前、五両持っていたが、二両は旅で遣った。だが、まだ三両残っている。掛け金はこれでじゅうぶんか」

風次郎が、いかにも挑戦者といった恐い眼差しで、浪人の前に小判を差し出した。

「ほう、三両か。それは、大したものだ」

浪人は、これで今夜は美味い酒が飲めそうだといった顔になり、風次郎を見かえした。

「爺さん、もういいだろう」

男は、勝負していた相手の老爺にそう言いかけると、老爺は未練がましく盤面を見かえし、

「やむをえぬ……」

と、二分《ぶ》を男に渡して風次郎に席を譲った。

二分を賭けていたらしい。

俊平と段兵衛、柳之助の三人は、顔を見あわせ、風次郎の脇に腰を落とした。

「掛け金三両か。大した度胸だ」

浪人が、嬉しそうに風次郎を見かえし、懐から擦り切れたようなボロボロの財布《さいふ》を

取り出し、なかから三両を摘み出した。

「わしにとっても大金だ」

六両が、手垢《てあか》で汚れた分厚い将棋盤の脇に置かれる。湯客が、その大金に吐息を漏らした。

浪人は、あらためて風次郎を見た。

不敵な面構えと見たのだろう、これはもしやと、わずかにその顔が引き締まった。

両者、手際よく駒を並べていく。

「どうだ、柳之助殿――」

俊平が、柳之助の耳元で尋ねた。

「さて、わかりませぬな。この男も強そうです」

柳之助が、ちらと浪人者をうかがい、口籠《くちご》もった。

「おい、そこの二人、何をくちゃくちゃ言っておる」

話が聞こえたのか、俊平と柳之助を睨んだ。

「わしはな。田沼又十郎《たぬまたじゆうろう》という。この湯屋をもう八年借り切っている。五百人以上を相手にした。試合を分けたことは二度あったが、負けたことはまだ一度もない」

又十郎がそう言えば、周りの連中も、そうだったな、とうなずく。

風次郎の顔が、引き締まる。

両者、駒を並べ終わると、互いに正面から正視した。

「おまえが、先手でよい」

又十郎が、憮然《ぶぜん》とした口調で言った。

「そうか――」

風次郎は飄然《ひょうぜん》と受け、腕を組んで、いきなり飛車《ひしゃ》を玉《ぎょく》の上中央に寄せた。

中飛車《なかびしゃ》戦法である。

又十郎は、驚いて一瞬風次郎を見かえし、ふむ、とばかりに平然と王を斜め右に上げた。

中飛車に対しては、定石どおりの対応である。

風次郎は、かまわず飛車の前を開け、攻めをつづける。

「なんだか、素人じみた野郎だな」

見物人の間から、野次が入る。

だが、勝負は、序盤から四つに組んでどちらの劣勢とも見られない。

とはいえ、風次郎の思考時間は、又十郎の三分の一ほどで、てきぱきと次の手を打っている。

その表情に、迷いの影はまったくない。

しだいに又十郎の考えあぐねる間が長くなり、吐息が重くなるのがわかった。

風次郎の駒は着実に前進し、いよいよ敵陣より入り込んで、成《な》りとなっていく。

「おい、これは――」

俊平が、柳之助に小声でささやいた。

「もはや、風次郎のほうが明らかに優勢だ」

柳之助が、つぶやいた。

俊平は、笑って風次郎の顔を見た。

平然とした調子で、薄笑いさえ浮かべながら又十郎を見つめている。

「自信たっぷりなのだなあ」

段兵衛が、ぼそり独り言を言った。

湯屋の二階は緊張に包まれ、湯客らは固唾《かたず》を呑み、咳払いひとつせず、二人の勝負を見まもっている。

「向こうは、ずいぶん押されているの」

「ううむ。あの手は、まずかったな」

又十郎の駒を眺めながら、柳之助が言う。

「二人の腕は、大分ちがうかな」

俊平が柳之助に訊いた。

「そのようだな」

又十郎の駒が風次郎につぎつぎ奪われ、風次郎は奪った駒で、敵陣深くまで攻め入っている。

「この男が、弱すぎるのか」

段兵衛が、柳之助に訊ねた。

「いや、じゅうぶん強い。風次郎が強すぎるのだ」

形勢はさらに風次郎へ傾き、敗色濃厚な又十郎は、次第に顔を赤らめた。

もはや、勝敗は誰の目にも明らかである。

結局この対局は、それから四半刻（三十分）ほど後に決着がついた。

「まさか、又十郎が負けるとはな」

誰かが言った。

「なんだ、又十郎も口ほどにないの」

その後ろにいた、ご隠居ふうの爺さんが言う。

又十郎は顔を赤らめ、その爺さんをきっと睨み据えた。

「いや、あんたはじゅうぶん強かった。出るところに出て対局をしても、そうとう勝ち進めよう」

柳之助が、又十郎に言った。

「出るところって、どこのことだ」

「たとえば、幕府が主催する御城将棋《おしろしょうぎ》だ」

「そんなところ、おれが出られるわけもなかろう」

「そのくらい、あんたも強いということだ。風次郎は、強すぎる。ことに中飛車からの攻撃は天下一品だよ。飛車があっという間に敵陣に侵《せ》め込んで成りとなり、龍王となる。風次郎は龍王のような人だ」

「そんなら仕方ねえな。まあ、今日は完敗だ。これほどあっさり負けると、さっぱりしていい。いい経験になった。残念だが、松乃湯のこの席は、これからはおまえさんのもんだよ」

又十郎は、意外とさっぱりとした口調で言った。

「いいんだよ、ここはあんたの場所だ。毎日ここに詰めるのは、おれには気が重い」

「ならば、半々にしよう。俺は、もうそれほど金は要らぬ。あんたはまだ若くて、見た目は弱そうだ。勝負を挑んで来る者は、大勢いるだろうよ」

「よし、わかった。俺は、このところ相手がいなくて退屈していたんだ」

「そうかい」

又十郎は、俊平と段兵衛、柳之助を見まわし、

「それで、あんた方は、どこの誰なんだい」

柳之助に訊ねた。

「なに、名乗るほどの者じゃないよ」

柳之助は、笑ってそれ以上なにも言わない。

「そういやァ、そっちの柳之助さんのこと、俺はまだなにも知らねえ」

風次郎が言う。

「そうか、では名乗るとするか。だが、ここでは嫌だ。この近くによい船宿がある。そこで一杯やりながら話すことにしませぬか。どうです、柳生先生」

柳之助が笑って誘いかけた。

「よかろう」

俊平が、段兵衛を見ながら応じた。

柳之助が案内したのは、本所の外れ、小名木川《おなぎがわ》脇にある瀟洒《しょうしゃ》な船宿であった。〈みおつくし〉という名の宿で、掘割に入ってくる船員たちを泊めていたらしいが、二代目の趣味が嵩《こう》じて、美味いものづくしの料理屋へ様変わりし、しだいに粋客も呼び寄せるようになったという。

「ここは、浅蜊《あさり》御飯や白魚《しらうお》など、活きのいい物を出す店だよ。江戸の店にしては薄味でね、上品だ。私は好きなんだよ」

柳之助が言う。

「そうかい。俺の実家のある柳河は、味が濃くて泥臭い料理ばかりだ。むつごろうとか、地の鰻《うなぎ》とかね」

風次郎が笑う。

「それはそれで、よいではないか。それで、柳河ではおぬしのような骨太な男が育つのだろうよ」

四人揃って急な階段を上がり、通りに面した二階の室《へや》に入れば、女中が格子戸を開け放ち、

「ほら、今日も掘割がよく見えるよ。なんにするかね」

と、顔見知りらしい柳之助に問いかけた。

「江戸前の魚を、できるだけたくさん食べさせてやってくれないか。白魚があったらいい」

「漁《と》れたばかりの新鮮なのが、入っているよ。このお兄さんなら、たくさん食べてくれそうだね。あんた、どこから来たお人だね」

女中が笑って風次郎に話しかけた。

「俺は、九州柳河だ」

「へえ。ずいぶん遠くから、出て来たんだね」

「まあな」

「で、なにをする人なんだね」

女中が風次郎の顔をのぞき込んだ。

「俺は将棋指しだ」

「まあ」

女中は、驚いてもういちど風次郎を見かえした。

「なるほど、そういえば強そうな面構えだよ」

女中は、ひとり得心して頷き、部屋を出ていった。

「いや、将棋指しではなくて、いちおう花火作りに江戸に出て来たんだがな。しかしあの女中、そんなことまでわかるまい」

段兵衛が、笑いながら俊平に問いかけると、

「さあ、私が側《そば》にいるんで、納得したんだろうよ」

柳之助が言った。女中は、将棋御三家が何者なのか、知っているらしい。

「それで柳之助さん、あんたは一体何者なんだい。将棋に詳しいってのは、よくわかるが」

風次郎が鋭いまなざしで、柳之助へ問いかけた。

「すまぬな、風次郎殿。私が名乗るために、この船宿へ誘ったのであったな。私も将棋指しなのだ」

「ああ、やっぱりかい。あんたはたしかに強かった」

風次郎が、納得した顔で柳之助を見つめた。

「だが、おぬしに負けたよ」

柳之助が、悲しそうに笑った。

「では、名を名乗ろう。私は、伊藤柳之助という者だ」

「伊藤柳之助……。もしや、将棋御三家の伊藤さんかい」

「そうだ、御三家の伊藤だ」

柳之助が言って顔を伏せた。

「これは、驚いたなあ。おれは、伊藤の若先生を打ち破ったのか」

風次郎は満足そうに笑みを浮かべ、俊平と段兵衛を見かえした。

「そうだ、おぬしは強い。だが伊藤家は、このところ弱くなってしまった。当主の宗看さまが、にわかに病を得て、力を失ってしまったのだ。半刻（一時間）以上指していると、身体が保《も》たぬそうだ」

「へえ、そうなのかい。伊藤宗看といえば、おれにとっては、雲の上のお方なんだけどなあ」

ちょっと悲しげな顔をして、風次郎は柳之助を見かえした。

指し将棋、詰将棋とも伝説的な強さを誇った三代伊藤宗看は、「鬼宗看」とも呼ばれる。

御城将棋では、十八勝六敗一持《じ》将棋と、圧倒的な戦績を残している。しかし、その宗看が、病を得て、将棋を満足に指せぬ身になっているという。

将棋指しの一人として、風次郎も、伊藤家の窮状に同情したようすである。

「ほんとうは、私が家を継がなければならないのだが、私は、継ぎたくない。とても、跡を継げる腕前ではないのだ」

「困ったねえ」

風次郎は、重く吐息を漏らした。

「どうしたら、いいと思うかね」

俊平が、風次郎に尋ねた。

「そりゃ、御三家を減らすしかない」

風次郎が、当たり前のように言った。

「簡単に、言いやがる」

柳之助が、不貞腐《ふてくさ》れたように言った。

「俺にも、師匠というものがいるよ」

風次郎が、しばらく間を置いてぼそりと言った。

「へえ、おまえに師匠がいるのか」

「いる。天野宗順《あまのそうじゅん》という名だ」

「ずいぶん固そうな名だな。武士か」

段兵衛が、盃を置いて、膝を向けた。

「武士だったが、武士を棄《す》てちまった」

「待て、待て」

俊平が、何かを思い出したようすで、話を止めた。

「私はその名を、どこかで聞いたような気がする」

「まことか」

「ああ、私も、これで将棋好きでな。越後《えちご》にいた頃にも、江戸での将棋の噂には、しばしば耳を傾けたものだった」

俊平は、しばらくうつむいて考え込むと、また何かを思い出したようにふと顔を上げた。

「湯屋の勝負師と闘い、連戦連勝で、将棋御三家にも挑んだという伝説を持つ人物ではなかったかな？」

「ああ、その話は、私も聞いたことがある。宗看さまと戦い、それは大変な大勝負だったそうだ」

伊藤柳之助が、笑って俊平と風次郎を見かえした。

「あれは、たしか二十番勝負。七勝六敗と勝ち越したところで、どこからか横やりが入り、止めとなった。おそらく御三家の名誉に傷がつくと、幕府から命令が下ったのだろう」

柳之助が言った。

「それにしても凄い話だな。在野の将棋指しが、天下の伊藤宗看殿を相手に、勝ち越すなど」

段兵衛が素直に感心した。

「ならば、天野殿の弟子であるそなたも、伊藤宗看殿と勝負してみたいだろうな」

俊平が、うかがうように風次郎を見た。

「いや、病人相手に勝負するのは好きではないよ。伊藤宗看さまの病が治られたら、一度お相手したいとは思うが」

「いずれ、そんな機会もあろうか」

柳之助が笑った。

「ところで、風次郎殿、おぬしに頼みがある」

真顔に戻った柳之助が、風次郎に真剣なまなざしで迫った。

「なんです」

「そなた、伊藤家の門人になってはくれまいか」

「門人……？　そんなこと、無理にきまってらあ。おれは、伊藤家の将棋となんのかかわりもねえんだから」

「いや、そこはなんとでも言えよう。どうか、伊藤家の門人になって、力を貸してくれまいか。礼はたっぷり払う」

柳之助は膝を正し、ぺこりと頭を下げた。

「いったい、おれになにができるんで……」

「近いうちに御三家の対抗試合がある。それに、門人として出てほしいのだ」

「おれに、伊藤家を代表して他の二家と闘えというのか」

そんなめちゃくちゃな話、と風次郎は言いたげである。

「御三家とは言うが、大橋本家は、私の兄伊藤宗看の弟、大橋宗桂が継ぎ、大橋分家も、今となっては伊藤家の相手ではない。つまり、伊藤家が弱いとなれば、将棋御三家にめぼしい家がないと見なされ、御三家そのものが、お取り潰しになるかもしれないのだ。そうでしょう、柳生先生」

「万事倹約に努《つと》めておられる上様のことだ。そういうことも、まあ、なくはない。大奥同様に予算を削り、場合によっては、将棋名人の家元制そのものを、お取りやめになるかもしれぬであろう」

俊平はしばし考えてから言った。

「杞憂《きゆう》であればよいが、あり得ぬ話でもないな」

段兵衛も、眉間に皺を寄せて言う。

「そうなのだ。最悪のことまで考えれば、無きにしもあらずということだ。兄宗看は、病床にあって、常に伊藤家の行く末、御三家の行く末を案じている」

「風次郎殿、どうか、私の頼みを聞いてもらえぬだろうか。伊藤家のたっての願いなのだ」

柳之助が、ふたたび風次郎に頭を下げて言った。

「お気持ちはわかるが……。そんなに簡単な話なのかい？　おれにはおれの将棋がある。どこかの門人になって、その流派を学ぶなんて、おれの将棋が屈したみてえだ。そんなの嫌だよ」

風次郎が、きっぱりと言った。

「ならば、客人ということでは、駄目かね」

柳之助は、なおも食い下がった。

「客人は、あくまで客人だろう。客人を門人として出してしまっては、幕府を欺《あざむ》くにひとしい」

段兵衛が指摘すると、

「まあ、そうなのだろうな……」

柳之助もあきらめたように言った。

「では、客人として、伊藤家の門人を鍛《きた》えてやったらどうだい」

段兵衛が、風次郎に言った。

「ものに成りそうなのはいるかい」

風次郎が尋ねると、柳之助は首を横に振った。

「柳生先生、これは剣術でも一緒でしょう。そんな一朝一夕《いっちょういっせき》に、簡単には名人は育ちませんよ」

「まあ、そういうことだ。柳之助殿、これはあきらめるよりないな。それに、上様が伊藤家をお取り潰しになるなど、やはりちと考えすぎとも思える」

「しかし、そういう噂はすでに出回っているのです」

柳之助が、深刻な表情を崩さず言った。

「誰が、そのようなことを噂しているのだ」

俊平が訊いた。

「お城坊主どもが、噂し合っているといいます」

「いや、私はよくお城に上がるが、そんな噂は聞いたことがないぞ。それに上様は、私との剣術稽古が終わると、いつも一局どうだ、と誘いかけてこられる。それほど、将棋好きなのだ。将棋御三家に対しても、そう悪いようにはせぬはずだ。よし。気が済むのであれば、いずれそのあたりのこと、上様に私から直接尋ねてみようか」

「それは助かります。ぜひお願いいたします、柳生先生」

「それにしても、今日は風次郎が勝負将棋で勝ちを納めた記念すべき日となった。暗いことばかり考えず、愉快に飲もうではないか」

　俊平がそう言えば、段兵衛もそうだ、と相槌を打った。

「おれも伊藤家には興味がある。いずれにしても、伊藤宗看様は私の師と記録に残る対局をしたお方《かた》、私たち将棋指しにとっては伝説のお人だ。お招きいただけるなら、伊藤家へ一度お邪魔《じやま》してみたい」

　風次郎が盃を取って言った。

「もちろん、大歓迎だよ。兄宗看も、風次郎殿の噂を聞けば、一局望まれるだろう。初めの半刻は、兄はまず負けないよ。だが、それを過ぎると残念ながら一気に崩れるようだ」

「わかったよ。だが、私は、きっと最初の半刻で勝負をつけてやる」

「ほう、意外と強気だな」

　伊藤柳之助を破り、勝負将棋でも勝ったことで、風次郎もしだいに自信をつけてきたように見える。

俊平が、風次郎の肩をたたいたところで、酒膳がつぎつぎに運ばれてきた。

「おお、これはおれの好物だ」

段兵衛が唸った。

よい匂いが、部屋じゅうに広がっている。

「おれは、酒よりも浅蜊飯が愉しみだ。有明《ありあけ》のむつごろうは、どうも泥臭くてね」

「はは。だが段兵衛は、あれは美味いと言うていたぞ」

「いやァ、江戸前はいい。おれはこの大きな町で、勝負師として生きていくことに決めたぞ」

風次郎が、気合を込めて言うと、

「そなたは、いいなあ。それに引きかえ、御三家はいつまで保《も》つのやら」

柳之助は、肩を落として、ちょっと悲しそうに笑うのであった。

三

「これはな、俊平。島津家《しまづけ》が献上してきた将棋盤での。見たところ、なんの変哲もないものじゃが、薩摩黄楊《さつまつげ》で作った最高品という。いちど、これで指してみぬか」

将軍吉宗は、俊平を御座の間《ま》に招き入れると、分厚い白木の将棋盤の前でにやりと笑って俊平の返事も待たずに駒を並べはじめた。

吉宗の将棋好きは、このところいっそう顕著なものとなっている。

もともと理詰めで考えるたちのうえ、勝負ごとが好きなところもあって、剣術稽古の後には、もはや定例のように俊平を御座の間へ迎え入れ、こうして将棋の相手をさせている。

吉宗の話では、薩摩藩主島津継豊《つぐとよ》も大の将棋好きで、薩摩黄楊のこの将棋盤は、継豊自慢の一品であるらしい。

特注して作らせた対《つい》の片割れを、早速献上してきたという。

「黒漆《くろうるし》に螺鈿細工《らでんざいく》の入った重々しい盤もそれはそれでよいものじゃが、飾り気のないこうした盤も、渋みがあってなかなか味わい深いものじゃ」

吉宗は、俊平を相手に、その盤で将棋を指したかったらしく、手ぐすね引いて待ち構えていたらしい。

この日は気分がよいのか、吉宗の攻勢が目立ち、俊平はやや劣勢となる。

「よい、よい。わしは、この黄楊の将棋盤が、いたく気に入ったぞ」

吉宗は、俊平の次の一手が待ちきれぬようすで、前のめりになって将棋盤を眺めている。

「それにしても、上様。大名の間でも、これほど将棋が人気とは、ついぞ気がつきませんでしたぞ」

俊平は盤面に覆い被らんばかりの吉宗にやや圧倒されて身を退いた。

「大名連中は、余の趣味に合わせているだけかもしれぬがの。じゃが、大名同士、互いの屋敷を訪ねては、将棋を指す者もたしかにおると聞く」

「はてさて、そこまでのこととは、存じませんでした」

「それだけで済むのなら、かわいいものじゃがな。中には、ちと度の過ぎるものもあると聞く」

吉宗は、小首をかしげて、俊平の顔をのぞき込んだ。

「と、申しますと——」

「将棋を愉しんでおるだけならよいのじゃが、将棋の勝ち負けで賭けを始める大名もおるらしい」

「賭け将棋、でございますかな……」

「それも、千両、万両が動くものもあるというから、これは聞き捨てならぬ」

賭け将棋くらいまでは予想できたが万両の賭けには俊平も驚いた。

「はて、どういうことか、よくわかりませぬ。藩主ともあろう者が、万両を賭けて、将棋を指すのでございますか？」

「いや、そうではないらしい。将棋御三家のうち、どこが強いかを賭けるらしいのじゃ。つまりは、御三家対抗戦の勝者を当てる、というものらしい」

将棋御三家は、年に一度十一月十七日に正規の対局を行っているが、時折対抗戦を行うようで、次は半月先と、俊平も聞いている。

「ちと、道楽が過ぎよう。そちはそう思わぬか」

将軍吉宗は、皮肉な笑いを浮かべた。

「しかし、道楽とばかりは言えぬやもしれませぬ。諸藩は、いずこも財政難にみまわれております。藩主とて、藩の財政難などどこ吹く風で、賭け将棋に興じているとは思われませぬ。これを、財政難の打開策と思っておるのでは？」

「なに。それでは、賭け将棋で財政再建を図っているというのか」

今度は吉宗が俊平に鋭い目を向けた。

「であれば、なんとも、馬鹿げたことにございまするが、ひょっとすると、ひょっといたします」

「先の水戸藩の陰富《かげとみ》の例もある。かの藩は、たしかに富札で藩財政を補《おぎな》おうとしていた」

「覚えておりまする。それにしても……」

俊平は、将棋の手を休めてうなずいた。

吉宗は、深く吐息する俊平の顔をうかがい見て、にやりと笑った。

「つまるところは、みな財政難に追いつめられているということじゃ。幕府とて、余が自ら綿服《めんぷく》を着け、草鞋《わらじ》を履《は》いて歩いておる。そなたの藩とて、近頃はなにやら、酒饅頭を商うておると聞いたぞ」

「はて、そこまでご存じでございましたか……」

吉宗の耳は地獄耳である。

俊平は、仰天《ぎょうてん》して固唾を呑み、将軍を見かえした。

「されば、諸藩のうち、ことに賭け将棋に熱心なところは、何処でございます」

「大藩では島津家、浅野《あさの》家、伊達《だて》家といったところと聞く。じゃが、中小の藩まで数えれば、きりがないとも聞く。いずれも、江戸留守居役《るすいやく》同士が集《つど》い、密かに行っておるようじゃ」

「まったく、存じませんでした」

俊平は半ば呆然として駒を置き、吐息を漏らした。

「いくら藩政のためを思うてのこととは申せ、悪《あ》しき風潮にございます」

吉宗も、真剣な表情になって俊平を見かえした。

「うむ。将棋は魔物よの。余も、こうして連日のように、将棋の対局に目の色を変えておるわ」

「それがしにとっても、上様との対局は無上の愉しみとなっております」

「まことなれば、そちも嬉しいことを言う」

吉宗が、深刻な表情を崩して、俊平に笑顔を向けた。

「そういえば、それがし。先日町の湯屋にて、勝負将棋というものを見聞にまいりました」

「ほう、町の湯屋の勝負将棋か。それは、どのようなものじゃ」

どうやら、吉宗も湯屋の将棋については、噂を聞いているらしい。

「将棋の強い者が、湯屋の二階にて、腕自慢の者と対局し、勝った者が掛け金を取りまする」

「あまり熱くなられては困るが、町人の愉しみになっておるのなら、それもまあよいか」

江戸時代から今日に至るまで、日本では原則賭博が禁止となっている。江戸幕府も、賭け将棋や賭け碁を公には認めなかったが、町人の多少の賭博であれば、大目に見るというのが幕府の慣例になっている。

「武士はもとより、町人も将棋は大好きで、湯屋は黒山の人だかり……」

「して、巷《ちまた》の将棋名人の腕は、どれほどじゃ」

「これが、なかなか侮《あなど》れませぬ」

俊平は、まっすぐに吉宗を見かえして言った。

「ほう」

吉宗は、眼の色を変えて身を乗り出した。興味津々《しんしん》らしい。

「余やそなたと比べて、どちらが強い」

「そうでございますな……」

「さあ、申してみよ」

吉宗が、にやりと笑った。

「率直に申し上げますると、湯屋の勝負師らのほうが、いささか、腕は上かと存じまする」

「そうか。町の将棋指したちは、それほど強いか」

吉宗は、がくりと肩を落としたものの、湯屋の勝負師たちに興味を抱いたようすである。

「しかしながら、それがしの先日見た将棋指しは例外中の例外。九州では並ぶ者なく、柳河藩では、お抱え将棋師のごとく、大切にされていたそうにございます」

「ほう、西国九州からやって来た将棋師か」

「その者には師がおり、その師はかつて将棋御三家の伊藤家とも勝負し、五分の闘いをしたと申します。この者は、例外と言えましょう」

「そうか。将棋御三家も、このところ、いささか弱くなったようじゃの」

吉宗が肩を落として言った。

「いえいえ、そうとも申せませぬ。しかし、勝負の世界は厳しきもの。時には、家を代々受け継いできた者より、在野の士に強者が現れることもございましょう」

「ふむ、剣術世界に生きるそなたがそう申すか」

勝負の世界が厳しいのは、剣術も将棋も同じである。また、徳川宗家を継いだ吉宗とて、日々、政《まつりごと》の厳しい世界に身を置《い》いているのだった。

「では、そちは、将棋御三家は要らぬとは思わぬのだな」

「そのようなことは、けっして思いませぬ。そうした家元があってこそ、将棋の伝統が代々受け継がれ、将棋の愉しみが後世まで伝わるという面もございましょう」

「ふむ。じゃが、あまり弱くなってもらっては困るの。将棋御三家より、巷の将棋指しのほうが強くては、幕府の権威まで揺らいでしまう」

「はは。そこまでのことも、ござりますまいが……」

俊平は、笑って吉宗を見かえした。

吉宗も、安堵して笑っている。

「かつて、わが藩祖柳生但馬守《たじまのかみ》が存命の頃には、かの宮本武蔵《みやもとむさし》など、在野にも強い剣客《けんかく》はあまたございました。しかしながら、幕府は、剣術指南役を柳生新陰流《しんかげりゅう》と一刀流《いっとうりゅう》のみにお命じになりました。在野の者は在野の者で、腕を鍛え上げ、いずれ幕府に召し抱えられるのも、よろしいかと存じまする」

「うむ。しからば、そちの見立てるところ、今の将棋御三家に、見劣りするところはないと申すか」

「はて、それは、剣術指南役のそれがしには、なんとも。しかし、万一、御三家が己《おのれ》の力の衰えを感じる時は、他家から養子を取るなどして、対策を講じることができましょう」

「そうであったな。大橋本家は、初代伊藤宗看より養子をもらい、五代大橋宗桂を継がせたのであった」

「はい。しかし、その伊藤家は今、当主が病にかかり、長時間将棋を指せぬようになっているよし」

「うむ、聞いておる。突然のことじゃが、伊藤宗看が重い病にかかったとな。伊藤家に、宗看の代わりを務められる者はおるか」

「三代伊藤宗看さまは、並ぶものなき将棋師にござりますれば。その代わりを務めるのは、容易ではございますまい」

　俊平は、柳之助や風次郎のことを思い浮かべながら、率直な意見を述べた。

「ところで俊平、御三家の対抗戦については、思わぬ方向に向かってしまっておるとも聞く」

「まことに。いささか、奇妙に熱を帯びておりまするな」

「大奥の女たちはまだしも、諸大名の熱の入れようは妙じゃ。なにやらただの将棋好きの嵩じたものとも思えぬ」

「はい、いずこの藩も財政難は確実。いささか賭け将棋の熱狂によって、現実から逃れているように見えまする」

「そなたも、そう見るか」

「いささか」

「されば、影目付《かげめつけ》として、そなたにもちと働いてもらいたい」

吉宗は駒を置き、あらたまった口調で言った。

「ご下命、承《うけたまわ》りまする」

俊平は、手駒を駒台にもどし、改まって平伏した。

「大名どもの熱狂ぶり、つぶさに知りたい。いったい、どれほどの額を注《つ》ぎ込んでいるのか」

「諸大名の財政の規模により差もありましょうが」

「それも、幕府としては知っておきたい」

「敗者となった藩は、その後どれほど窮乏するのか、将軍としては、そこまで摑《つか》んでおかねばならぬ。それと、俊平。将棋御三家の現状じゃ」

「はい」

「どれほど力を失っておるのか、今後ともこのような制度が必要かどうかまで、知りたい」

「はて、御三家の将棋、そこまで衰退しているとも思えませぬが……」

「余も、そう思いたい。じゃが、さきほどのそなたの話にあった、在野の若者も台頭しておる。御三家にいかほどの力が残っておるのか、いささか心もとないことだ」

「かしこまってございます。それにいたしましても、こたびのご下命。ちと面白うございますな」

「そうか。そうであろう。余も、大名どもの狂乱ぶりが面白いのじゃ。それと、家元制度というもの、時を経るうちに、しばしば古びて形骸化する。これは、致し方ないことじゃ。将棋の世界は、実力の隠せぬ世界。切磋琢磨《せっさたくま》し弱者がいつまでも強者面をしておるわけにはいかぬものと思うが」

「それは、剣術も同様にござります。将軍家剣術指南役を拝命いたしておりますが、その上に胡座《あぐら》をかいてはおられず、名に恥じぬよう、尽力しております」

「そうであろう。将棋も剣術も実力勝負。そちも日々怠《おこた》りなく努力しておるようじゃ。御三家にもそれを期待したい」

「私は、まだまだ。修行が足りているとは思えませぬ」

「ともあれ、幕府も諸藩同様、財政は厳しい。大奥の女たちが、賭け事にうつつを抜かすほど金があるなら、その金を幕府の金蔵にもどしたいくらいじゃ」

吉宗はそこまで言ってから、ふうと重い吐息を漏らし、

「じゃが、なかなかにそこまで手はまわらぬか……」

と嘆いてみせた。

「それにしても、湯屋の勝負将棋の話、なんとも愉快だ。その湯屋では、しばし、その柳河の男の天下がつづこうの」

「はい。その男、しばらくは負けますまい」

「ふむ」

吉宗は、ふと盤面に目をもどし、

「それはそうと、この勝負、まだ始まったばかりであった。そちとの対局、今日はちと有利にすすめられようかの」

「なあに、まだまだ序盤でございます。ここから、それがしも追い上げてまいりますぞ。ご油断なされますな」

「うむ。そちはまことに強うなった。油断はならぬな。余も、伊藤宗看に助言を請わねばならぬか」

「それでは、いくらなんでも、私では太刀打《たちう》ちできませぬ」

俊平が、苦笑いして吉宗を見かえした。

「ところで、その柳河の名人、名はなんと申したかな」

「風次郎と申します」

「風次郎か。風の将棋指しじゃな」

吉宗が、面白そうにうなずいた。

「風変わりではございますが、よき男ではございます。今度、また面白い話がございますれば、ご報告いたします」

「そう願いたい。町の話はいつも面白い。また頼むぞ」

「かしこまりまして、ございます」

俊平は笑って一礼し、ふと風次郎の面影を想いかえすと、また盤面の勝負に没頭《ぼっとう》した。

第二章　将棋御三家《ごさんけ》の内情

一

幕府お庭番俗称遠耳《とおみみ》の玄蔵《げんぞう》が、めずらしく仲間の飯山半四郎《いいやまはんしろう》なる者を連れて、柳生藩邸を訪ねてきたのは、俊平が将軍吉宗から密命を受けて数日経ってのことであった。

風次郎の噂もしばらくは途絶え、俊平がふたたび難局を迎えた藩財政や、門弟の指導に慌ただしく気を取られはじめた初秋のある日のことである。

その日は、朝からあいにくの雨であったが、秋雨らしくひと雨ごとに涼しさがましていく。

「御前、今日連れてまいりましたこの半四郎は、私よりずっと大奥での経験が長うございまして」

「ふむ」

俊平は飯山なる中年の小男にあらためて目を向けた。

「お局方の動向について、御前にちょっとばかりお耳に入れておいたほうがよいと思いまして、連れてまいりました」

大奥の動向などというちょっと大袈裟《おおげさ》な玄蔵の真意が摑めぬまま、

「ほう――」

俊平は、飯山半四郎に身を近づけた。

両眼が近く細面《ほそおもて》の半四郎は、玄蔵よりすばしこく見え、頭もよく回りそうだが、そのぶんあまり武闘には向いてなさそうである。

「飯山、そなたは、大奥の警備を長年仰せつかっているのであったな」

「さようでございます。はや十余年になりまする」

「こいつめ、妙に女人受けが良いようで、お局方からよく話しかけられるそうにございます。それでお耳に入れたいという話でございますが、じつは、大奥の賭け事についてちょっと意外な話があるそうでございます」

「それはご苦労。その、大奥の賭け事とはなんだ……」

「じつは、将棋でございます」

「ほう、大奥で将棋が流行《はや》っておるという話か――！」

その話なら、俊平もすでに耳にしていた。

勝気な女たちは、勝負事が好きで、女たちの部屋にはよく将棋盤が置いてあるという。

「将棋と申しましても、お局方どうしの対局ではございません。流行っているのは、将棋御三家の対抗戦の勝敗の行方。どちらが勝つかを賭けて熱が入ってございます」

「はて、されば大奥までが……」

俊平は、吉宗から聞いた話を思い出しながら、苦笑いした。

「まあしかし、賭博はご法度《はっと》ではあるが、少々のことなら埒《らち》もあるまいが」

大奥のお局たちは、御殿で退屈な毎日である。

将棋や囲碁、かるた遊びに興じ、時には賭け勝負に発展することもあるだろう。小さな賭博まで、吉宗がいちいち取り締まるとも思えなかった。

「それだけならば、多額の賭けにも至らず、まあ、どうということもございません。しかし、この将棋御三家に関する賭博は、取り仕切っているのがお広敷《ひろしき》役人でございまして、その下でお年寄の大滝《おおたき》殿は、お中臈の掛け金をまとめ、賭け率を定め、勝敗が決まれば分配しているよし。規模が、かなり大きくなっております」

「それはちと問題だ。お局方は、上前を撥《は》ねられているのだな。悪い奴らよ。そのような仕組みまで出来上がっておるとはの。だがこれは、もしや城中のお城坊主のやり方を真似たものではないか」

俊平は昵懇《じっこん》の坊主俊英《しゅんえい》から聞いた話を思い浮かべた。

「よくご存じで。城中では今や、諸役人やお城坊主の間でも、だいぶ将棋賭博が横行しているのでございます」

玄蔵が、半四郎の言葉を補って言った。

「それにしても、今の幕府は、賭博漬けか。なんと情けないことよ」

俊平は、話を聞いて腕を組み、重く吐息した。

「人というもの、まことに賭け事が好きな生き物だ」

「まことに」

玄蔵は半四郎と顔を見あわせ、うなずいた。

俊平も、江戸市中で町人たちが陰富などの賭博に興じる姿を、あまた見てきた。勝ち負けのはっきりした将棋の対局が、かっこうの賭け事の対象になるのも理解できないわけではない。

「そういえば、このところの上様の将棋への熱の入れようも、なにやら只事《ただごと》ではございませぬ」

話が面白いのか、立ち去ることなく、横で話を聞いていた伊茶が、笑いながら幾度もうなずいた。

「それにしても今、大奥に残っているお局さま方が、賭け事に熱中されていると聞けば、お局館のみなさまも、きっと嘆かれましょう」

伊茶の言うとおり、大奥を追われた皆が聞けば、ちょっとやるせない気持ちになるであろう。後に残った女たちが、贅沢《ぜいたく》にも賭け事に興じているのを聞けば、複雑な思いにかられるのも無理からぬことである。

そんな俊平と伊茶の話をよそに、玄蔵と半四郎は、茶請けに出された酒饅頭に目の色を変えている。

「美味いであろう。これは柳生藩内で作らせた酒饅頭なのだ」

半四郎が言えば、

「なんとも上品で、よき香り、よき味にござりまするな」

半四郎は、武骨な印象の柳生藩で酒蒸し饅頭をつくっているとは意外な話を聞いたとうなずいている。

「それはそうと、玄蔵。諸大名の間で、賭け将棋は、いったいどのように行われているのか」

「はい。どうやら、江戸留守居役の連合ごとに秘かに集まり、賭けているようでございます。それを、幕閣の一部の方々が取りまとめ、分配しているようで」

玄蔵が、声を潜めて言う。

「千両箱ひとつ、ではないのだな」

「はい。時によっては、十万両におよぶこともあるとか」

「まあ、十万両――！」

伊茶が、あきれて息を呑んだ。

「十万両あれば、柳生藩など何年でもやり繰りできましょう」

伊茶が、俊平に同意を求めるように頷いた。

「大藩が動かす金となれば、それくらいになろう。一万石の小藩を、薩摩藩や仙台《せんだい》藩などと比べても、いたし方あるまい」

「つまらぬことを、申しました」

伊茶が、笑って顔を伏せた。

「しかし、それだけの大藩とて、財政難は深刻と聞く。将棋の勝敗に大金を賭けて、遊び興じるなど、本来ならばできぬ相談と思われるが……」

「そこには、もう少し裏の事情があるのでございましょう。巷の噂では、財政の穴埋めにするためではないかと……」

玄蔵が、目を据えた顔で言う。

「やはりそうか。賭け事で穴埋めなど、もはや財政とも言えぬではないか。負ければ、さらに資金繰りが逼迫《ひっぱく》するのは、子供でもわかる道理だ」

俊平が、眉をひそめて玄蔵を見やった。

「よっぽど、勝てる見込みでもあるのでしょうか」

伊茶が、どうもわからないといった顔で俊平に尋ねてくる。

「いやむしろ、胴元の口車に乗せられているのだろう。奴らはこの賭博で、寺銭《てらせん》をたんまり得て、懐を潤しているはずだ」

俊平は、いくぶん怒りを含んだ口ぶりで言った。

「御意《ぎょい》。寺社奉行や老中まで巻き込んで、だいぶ潤っているとの噂でございます」

玄蔵が声を落とし、厳しい表情をつくった。

「老中だと、いったいそれは誰だ」

「大きな声では申せませぬが、松平乗邑《まつだいらのりさと》様かと。松平乗邑様は、お城坊主たちを手足のごとく動かし、まとめているとのことでございます」

「なんと、この将棋賭博には、老中までが絡んでいるというのか」

俊平は、さらに怒りを込めて呟いた。

老中首座松平乗邑は、俊平にとって因縁の相手である。度々俊平の前に立ちはだかり、陰謀の黒幕となったことがある。

「それにしても、おそれいったものだな。幕閣中枢まで賭け将棋にうつつを抜かしておるとは。この事、上様はご存じないのか」

「薄々勘づいてはおられると思いますが、上様も、松平様には期待することも多く、なかなか口出しできないごようす」

吉宗の諸改革は、たしかに特に農政、財政分野で、松平乗邑に負うところが大きい。

「他愛ない賭け事と申さば、それまでだが、大金が動き、老中首座が賭博から巨利を得ているとなれば、やはり捨ておくわけにもいくまい」

お城坊主が懸ける金といえば、十両がせいぜいだろうが、それでも集めれば、相当な額にのぼる。

大名連中の掛け金は、さらに大きくなろう。

「まあ、天下泰平といえば、それまでにございますが、諸大名の藩政を揺るがす元とならねばよいが、と思っております」

玄蔵が、吐息とともに言った。

「そうだな。して、御三家の勝負はどのように行われるのであろうかな」

「まず御三家は、公務として年一度、十一月十七日に御城将棋で対局することになっております。御城将棋は、時にご老中のみが列席する場合もありますが、原則として、上様ご臨席のうえで、御三家での勝ち抜き戦となります」

玄蔵が滔々《とうとう》と説明する。このところ、対戦についてはよく勉強しているらしい。

「そうであったな。将棋好きの上様が、御城将棋の開催日を、十一月十七日と定められたのであった」

俊平が、言い添えた。

御城将棋は、吉宗以前は年に一度、不定期に行われていたが、享保《きょうほう》元年（一七一六）、吉宗が十一月十七日を開催日に定めた。

大坂《おおさか》冬の陣の吉例にならったとも、将棋を愛好した家康《いえやす》の月命日（十七日）に合わせたとも、諸説あるが、この日が選ばれた理由はよくわからない。

ちなみに、今日でも十一月十七日を「将棋の日」と呼ぶことがある。

「御三家の対抗戦は、年に一度だけか？　普段はどうしておるのだ」

「そのあたり、公式の対局ではございませんが、月に一度の定例の対局があるとは聞いております」

「なるほどな。して、今強いのは何家だ」

「それはもう断然伊藤家で。三代伊藤宗看さまは、当代随一の将棋師でございますから。しかし最近は、にわかに病いを得られて、半刻ほど経つと、途端に下手《へた》な手を打ちはじめるそうにございます」

「うむ、それは聞いておる。まことに、残念なことだ」

俊平は、柳之助から聞いた宗看の病状を思い出した。

「それでは、このところは伊藤家は負け越しているのか」

「はい。大橋本家は、現在、伊藤宗看さまの弟御が継がれて、八代大橋宗桂となり、宗看さまに次ぐ実力者と言われております」

「ふむ」

「しかし、病を得る前の伊藤宗看さまに比べれば、だいぶ落ちるという評判で。一方、大橋分家は信長《のぶなが》公、秀吉《ひでよし》公、家康公から寵愛を受けた初代大橋宗桂の血を引く唯一の家柄ではございますが、ご当主四代大橋宗与《そうよ》さまは、他の二家よりさらに棋力が落ちます」

「それでは、御三家はどこも本命なし、といったところか」

俊平は御三家の衰退を嘆く、柳之助の言葉を思い出した。

「伊藤家には本来、伊藤宗看さまと大橋宗桂さまの弟御で、伊藤看寿《かんじゅ》さまという方がおられるはず。棋力も、まずまずと聞いております。しかし、将棋は嫌いだ、指し将棋より詰将棋のほうが面白いだのと言って、周囲を困らせておるよし」

（なるほど、それは柳之助のことだな）

俊平は、ふとその顔を思い浮かべた。

「なるほど、あらかた現状はわかった。されば、今は賭け金も大橋本家に集中しているのであろうな」

「人気、ということでございますな」

玄蔵が、俊平を見かえしたのち、飯山半四郎に答えを促した。

「それがしが知るのは、もっぱら城中大奥の方々の話にございますが――」

半四郎は、そう前置きして、

「やはりこのところは、伊藤家の人気が急激に落ちております。そういうわけで、大橋本家の賭け率がかなり上がっております」

「つまり、みな病身の伊藤宗看殿に勝ち目は少なく、大橋宗桂殿が勝つであろうと読んでいるのだな」

勝ち負けになれば、みな現実的なものだと、思う俊平であった。

「そのようで。伊藤家は、弟御の伊藤看寿殿が立ち上がるか、どこからか養子を迎えるか以外に、手はないと思われております」

「そうか、やはりな」

俊平は、また柳之助と風次郎の面影を頭に浮かべ、苦笑いした。

「伊藤家を救うとすれば、やはり門弟であろう。期待が持てる者はおらんのか」

「さあ、そんな話はとんと」

「とすれば、伊茶。やはり風次郎が門弟に加わるしかなかろうが、よほどのことがなければ、あ奴は門弟には加わるまいな」

「私も、それは無理かと存じます」

伊茶が、玄蔵と半四郎にまた酒饅頭を勧めながら言った。

「これは、やはり美味しゅうございます。また、いちだんと味がこなれてまいりましたな、伊茶さま」

玄蔵は風次郎についてはなにも聞いていない。なにやらわからず伊茶に微笑《ほほえ》みかけ、また美味そうに頬張った。隣の半四郎は、もう二つ目に手を伸ばしている。

「お恥ずかしうございます。領地から上がる年貢米《ねんぐまい》だけでは、藩財政が立ちゆかぬので必死でございます」

「それは、どこも同じでございまする」

玄蔵が笑って言えば、

「諸藩が、賭け将棋に熱中する気持ちも、わからぬではない」

俊平は、玄蔵と半四郎に微笑んでから、伊藤家の行方がまた気がかりになって、ふむと腕を組んだ。

二人が柳生藩邸を後にしたのは、酒蒸し饅頭をぞんぶんにふるまわれ半刻（一時間）経って後のことである。

二

「ほう、ここが鬼灯長屋か」

そう言ってうなずくと、柳生俊平は本所の手狭な裏路地のどぶ板を踏みしめて、奥まですすみ、暮らしの匂いが強くする長屋の棟を見まわした。

これまでに、庶民の暮らしのなかに足を踏み入れたことがなかったわけではない。

が、この長屋の賑わいは独特で、これまで足を踏み入れたどの長屋よりも微笑ましいもので、その場に居合わせるだけでほのぼのとしてくる。

ひっつめ髪で掃除をする女房連中、賑やかに語りあいながら洗濯物を担いで干していく老婆。長床几《ながしょうぎ》の上では、大人も子供も、一緒になって歓声を上げている。

「これは、なんとも活気のあるところだな……」

あらためて子供たちに目をやれば、その子供たちの群の向こうから、こちらに顔を向けているのは、誰あろう風次郎であった。

「あの奴め、もうこの長屋によく馴染《なじ》んでいるな」

「あの飾らない人柄ですから、得をしているのでございましょう」

俊平を案内してきた元お局の吉野も、風次郎の屈託ない表情を見て笑った。

見れば、風次郎の横に若い娘が寄り添っている。

その衣装は継《つぎ》だらけの古着であったが、奇抜で色鮮やかである。

ずいぶんと親しげで、風次郎の腕を取ってじゃれるようにして笑いながら、一方で子供たちの味方をして、将棋の助言をしていた。

風変わりな娘であった。

「あの娘は――？」

「なんでも、この長屋に一人で住んでいる不思議な娘で、寺子屋を手伝っていると聞いておりまする。絵もやっているようで、いずれは絵師になりたいそうです」

「ほう、変わった娘だな。親はおらぬのか」

「それが、反《そ》りが合わず、家を飛び出してきたようで」

吉野は、娘をうかがい見て言った。

「ほう。なかなか芯《しん》の強いものを持ち合わせているようだな」

俊平が笑って、もういちど娘を見た。

その娘は、俊平と吉野に気づくとこちらを向き、風次郎の肩に手を添えた。

「あ、柳生様――」

風次郎も娘に知らされ、二人を見かえして声を上げた。

子供たちが、二人に気をきかせ長床几をさっと空けた。

「ああ、いいのだ。つづけておくれ」

俊平は、子供たちの肩を取り、笑いかけてから、

「ほう、みんな、風次郎にいい勝負を挑んでおるな」

と声をかければ、

「いいや、おれたちの腕じゃ、とうてい勝てっこねえ。多佳《たか》さんに教えてもらってるのさ」

小太りで丸顔の男の子が、娘を指さして言った。

多佳と呼ばれたその娘は、吉野にうなずき微笑んだ。だいぶ話を重ねていて、親しくなっているらしい。

「おにぎりをつくってきたから、みなで食べてくださいな。風次郎さん、あなたも、ちゃんと食べている？」

吉野が、風次郎に向かって尋ねた。

「大丈夫だ。長屋のみなには良くしてもらってるよ」

風次郎が、満足げに答えた。

「多佳さん。そなたは、絵師を目指しているというが、将棋も指すのか」

俊平が、不思議そうに多佳に訊ねた。

「ええ、でもあたしのは、見よう見まねだから、強くはないんですよ」

多佳が、笑って言う。

「見よう、見まね――？」

「父も兄も、将棋が好きだから。でも、あたし、喧嘩《けんか》して家を飛び出してきちゃったんです」

多佳が、屈託ない声音で言った。

「この先生は、強いんですよ。なんでこんなに強いのか、知りませんがね」

多佳が、風次郎を見て言った。

「なんだ、風次郎は飛車角抜きか」

俊平が、盤面をのぞいて言った。

「まあね、子供たち相手ですから」

風次郎も、屈託ない笑顔で言う。

「ところで、どうだ。湯屋での勝負は、始めているのか」

「はい、始めました。十戦以上したが、まだ負けてはおりません」

風次郎はあっけらかんと言ってのけた。

「それは、大したものだ。で、手応えはどうなのだ」

「いやあ、とても負けそうにないよ」

「すると、江戸では向かうところ敵なしか」

「いいや、江戸の将棋がこのようなものかといえば、そうではないと思う。いずれ、負けるかもしれない」

「たしかに、いずれ強豪も現れようが、素人将棋だ。みな、それほどのものではあるまいと思うが」

俊平は風次郎を勇気づけるように言った。

「そうかな……」

風次郎は、多佳と顔を見あわせ笑った。

「これまで、いくら儲《もう》けた」

「三両になる」

「それは、じゅうぶんな額だ。これでしばらく食うていけるな」

「まあ、まだわからねえですが……」

風次郎は、勝ちすぎて、かえって敬遠されるのが心配だと言った。

「強いとなれば、やはり御三家でございましょうかの」

風次郎が俊平に訊ねた。

「それはまあ。幕府の将棋所と称しているところだ。素人の将棋とはちがうだろう」

だが、そう言いながらも、風次郎はそれほど意識しているとも思えないようすである。

湯屋で連勝を重ね、内心自信をつけているらしい。

その隣で、風次郎の横顔を見て多佳が笑っている。

「それよりも、近頃、妙な侍が長屋に訪ねてくるそうなのです」

多佳が心配げな口ぶりで言った。

「妙な侍……？」

「ええ。まだあたしは見たことがないんだけど、長屋のみなさんの話だと、留守中に立派な紋服《もんぷく》を着けた侍が三人も訪ねてきて、将棋の駒を持ってきたそうなのです。風次郎殿に湯屋でお使い願いたいなどと言いながら、置いていったんだそうです。それがとても上質の将棋の駒なのです」

「風次郎が湯屋で勝負将棋をしているのを、知っているのだな。どこの藩士だと言っていた」

「それが、奥州《おうしゆう》の白石藩《しろいしはん》から来たと名乗っていたと……」

「白石藩なる藩はないが、奥州仙台藩には、たしか白石城という支城があったな」

奥州の関ケ原《せきがはら》、会津《あいづ》征伐で上杉景勝《うえすぎかげかつ》から白石城を奪還した伊達政宗《だてまさむね》は、腹心の片倉《かたくら》景綱《かげつな》にその城を与えた。風次郎を訪ねた侍たちは、おそらく仙台藩片倉氏の縁者であろう。

「突っ返すわけにもいかず、湯屋に持っていって使ってみたが、いい音がしてぴたりとくる。なんとも心地よい。やはり高い駒はよいものだ」

風次郎が、しみじみとした口調で言った。

「だが、妙な話だな。なぜ仙台藩の藩士が、そなたに駒を届けにくるのだ」

「さあ、わからねえ」

風次郎が、ぽかんとした顔をして考え込んだ。

「それより、柳生先生。家に入って茶でも飲みませんかい」

「それはよいな。いただこう」

「この多佳が淹れてくれる茶は、じつに旨《うま》いよ」

「ぜひ、いただきたい」

多佳を見かえすと、首をすくめて笑っている。

「それにしても、そなたら妙な組み合わせだな」

「そうですかね。二人とも、子供と将棋が好きなんでさあ」

風次郎が言った。

「それにこの多佳は、すこぶる絵が上手《うま》い。おれも、一枚もらいました。家にありますよ」

「ぜひ、見せてもらおう」

俊平は吉野の肩を取り、風次郎の後について、家に入った。

家のなかは、よく片づいている。

「風次郎、そなたが片づけてくれたのか」

「いいや、多佳が片づけてくれた」

「なんだ、もはや夫婦のようだな」

「まあ、そういうわけでもないんだが……」

風次郎も、まんざらでもないようで、多佳も否定しない。

「絵師が、将棋指しとウマが合うというのも妙な話だ」

「あたし、この人の飄々としたところが好きなんです。それに、将棋がすこぶる強いのもいい」

多佳が、風次郎の腕に絡みついた。

「長屋の衆から分けてもらった浅蜊《あさり》で、ご飯を炊《た》きました。多佳が作ったもんだが食べてみますかい」

風次郎がちょっと得意げに言う。

「浅蜊飯か。旨そうだな」

「酒もあるよ。伏見《ふしみ》の下《くだ》り酒だ」

風次郎が、部屋の隅にあった酒の土瓶を持ってきた。

「おぬし、どこでそんなものを手に入れた。随分とよい暮らしをしておるな」

「湯屋将棋のおかげさ。負けねえんだもん。ほんとうに、いい商売を教えてもらった」

多佳が膳を用意してくれる。風次郎が、俊平と吉野に酒を勧めた。

「じつは、あれから伊藤家から手紙がくるようになった」

風次郎が、真顔になって言った。

「伊藤家から、ということは、柳之助殿からか」

「いや、伊藤家の主殿《あるじ》からだ。当主の宗看さまから直々《じきじき》にだ」

「なんと、言うてくる」

「わが師天野宗順を懐かしんでいた」

「ほう」

「話に聞けば、わが師との対局は、周りから止めが入り、決着がつけられなかったという。伊藤様も残念がっていた。宗看様は、さすがに強いであろうなあ。いちど対局してみたいものだ」

風次郎がしみじみとした口調で言う。

「しかし、なぜ宗看殿が風次郎を知ったのだろう」

「おそらく、柳之助さんから話を聞いたんでしょう」

吉野が、ふと考えて言った。

「伊藤家に遊びに来られよ、と言ってくれている」

「なら、行ってみるか」

「行ってみたいが、私は世間知らずだ。したたかな御三家の人たちに、うまく乗せられて、門人にされてしまうかもしれない」

「たしかに、風次郎さんは若いし、世間知らずだからね」

吉野が、風次郎の横顔をうかがい、首をすくめた。

「はは。それも、よいではないか」

俊平は、吉野と顔を見あわせて笑った。

と、戸口に人影がある。

「どなただ。戸を開けて、入ってくれ」

風次郎がぶっきらぼうに声を上げた。

腰高障子ががらりと開き、見慣れぬ初老の武士がひょいと顔をのぞかせた。

部屋を見まわすと、その武士は意外な顔をして、

「おお、これは。先客がおられたか」

と遠慮がちに俊平に頭を下げた。

着流しの気軽な装いの俊平ではあるが、只者ではないと見たらしい。

「私は、よいのだ。お入りになられよ」

「されば、失礼いたす」

老武士は、吉野と多佳にも一礼して、なかに足を踏み入れた。

おちくぼんだ目の、小柄な侍である。

歳は五十を超えていよう。さして贅沢なものではないが、趣味のよい紋服を着けている。

「いやな、私は大の将棋好きでござってな。そこもとの評判を聞き、じつはひと勝負してみたくなっての」

さっそく初老の武士は笑みをつくって、風次郎に言った。

「松乃湯に行ってみたが、姿がなく、お住まいはこちらとうかがって、訪ねてまいったしだい」

「ほう、それは上々。いつでもお相手するが」

風次郎が、武士を一瞥《いちべつ》して言った。

「ところで、あんたは、どちらの方かな」

風次郎が、問いかけた。

「それがしは、仙台藩の藩士にて、川島《かわしま》庄右衛門《しょうえもん》と申す者。米奉行をつとめており申す。自慢ではないが、藩内で私の右に出る将棋師はそうはおらぬとの評判じゃ」

「ほう、それはまことか！」

風次郎が、俊平と顔を見あわせた。

「ならば、勝負はどこでなされたい」

「どちらでもけっこう。ただ今、この場でもよろしいか」

「むろんのこと。私もここでよい」

風次郎はそう言ってから、

「それにしても、仙台藩士が、このような狭苦しい長屋にわざわざお越しとは、まことに驚いた」

もういちど、川島庄右衛門を見かえした。

「いやな。いきなりでは失礼と思ったが、どうしてもそなたの力量を確かめてみたくて、ついまいってしまったのだ」

「だが、なぜそれほどまでに、風次郎の力を知りたいのだな」

俊平が、うかがうように川島庄右衛門を見かえした。

「なに、仙台藩はいたって将棋好きの藩でしてな。風次郎殿に、どれほどのお力がおありか、藩内でも話題となっているのじゃよ」

「さようか」

俊平があらためて、川島庄右衛門の顔をうかがった。

なかなかに、知恵の回りそうな面構《つら》えである。

藩でもそれなりに地位のある者なのであろう。わざわざ湯屋に出向いて、勝負将棋にうつつを抜かす輩《やから》とは思えない。

どうやら、ほんとうに風次郎の力量を探りに来たらしい。

「時に、仙台藩主伊達吉村《よしむら》公も、たしか将棋好きであったと聞き及ぶが」

俊平が訊ねた。

「失礼ながら、そこもとは、どなたでござる」

川島が、あらためて俊平をうかがった。

藩主のことをあけすけに問われ、不審に思ったらしい。

「私は、上様の剣術指南役をつとめる柳生俊平と申す者――」

「なんと、ご貴殿が。知らぬこととは申せ、まことにご無礼を申し上げました」

川島は平身低頭ぶりで、膝を整えて両手をついた。

風次郎と多佳が笑った。

「おやめくだされ。私は、一万石取りの小藩の藩主。そのように、大仰《おおぎょう》にしていただくほどのことはない。それより、風の噂によれば、仙台藩は将棋好きはむろんのこと、城中での賭け将棋にもご執心とか」

「いや、それは……」

川島は驚いて俊平を見かえし、冷汗をぬぐった。

「よいのだ。柳生藩も、ちと賭け将棋で遊んでみようと思っていたところ。こたびの御三家の対局、勝負の行方が知りたいものだ」

「あ、いや……」

「お隠しめさるな」

「そう、申されても……」

川島は後ろ首を撫で、隠すこともできまいと苦笑いした。

「じつは、仙台藩は伊藤家を贔屓《ひいき》としておりましてな」

「ほう、伊藤家を――」

「それゆえ、伊藤宗看殿に勝っていただきたいと思っております る」

「なるほど」

「しかし残念ながら、宗看殿は、にわかに病を得られた。門弟には、さしたる強豪がおらず、こたびは大橋本家に勝ちを譲らざるをえぬように思っておりましたところ、風次郎殿が伊藤家の門弟に入るとの噂をうかがい、期待しております」

「おいおい、おれは伊藤家の門弟に入るなど、ひと言も言っていないぞ」

風次郎は、勝手な噂が立っていると知り、不快な顔をした。

「それで、この風次郎の腕のほどを調べにまいられたというわけだな」

俊平が前屈みになって庄右衛門を見かえし、笑った。

「まあ、その……、そういうわけでござる」

「だが、どこで風次郎の風評を聞かれた。このとおり、風次郎は伊藤家の門人に加わるつもりはないと言っておる」

俊平の言葉を受けて、風次郎が大きくうなずいた。

「仙台藩の者は、みな兎《うさぎ》の耳。むろん、伊藤家に入った門弟もおりまする」

「それは、そうだな」

「それにしても……、あなたが門弟に入ってくれなければ、伊藤家は負けてしまいまする」

川島が、困ったように俊平と風次郎を見かえし、肩を落としてしょげかえった。

吉野と多佳が、顔を見あわせてくすりと笑った。

「仙台藩は、さぞや大金をお賭けになられたのでしょうな。やめたほうがよろしいのではーー」

俊平が皮肉げに言った。

「あ、いや……」

「私は、伊藤家の門人にはならぬよ」

風次郎が、またきっぱりと断言した。

「しかし、風次郎殿。伊藤家の門人となって、他の二家と戦ってみるのも一興でござらぬか。いかがでござる。もし勝てば、そこもとは天下一の将棋名人として名を残すことになる」

川島が、もういちど膝を乗り出し、誘いかけるように言った。

「それは、まあ、そうだが……」

「わが藩は、いつまでも、そこもとのお味方でござる。もし、伊藤家に手を貸していただけば、失礼ながら、いくばくかの謝礼もできよう」

「謝礼……？」

風次郎が意外そうに、川島を見かえした。

「百両は、お包みできます」

「百両とは大金……！」

風次郎は、驚いて俊平を見かえした。

「それは、大金だな」

「正直申しまして、わが藩といたしましては、風次郎殿が勝てば、たっぷり他藩の掛け金をいただきますから、どれほどのこともございませぬ」

庄右衛門が、飄々とした口調で言った。

「あ、いや、だがそれはやはりまずい……」

わずかに心を動かした風次郎であったが、ブルンと顔を横に振った。

「おれが、伊藤家の門下に入ってしまっては、おれの将棋が、おれのものではなくなってしまう」

「なるほど、風次郎は男だな。金にはつられぬか」

俊平が、風次郎に笑顔を向けた。

「それにしても、たいそうな金が簡単に動くものだ。大名間の賭け将棋の様が、よくわかる」

俊平は、あらためてうなった。

「して、大橋本家や大橋分家には、どこの大藩が賭けているのかな。薩摩の島津殿と、芸州《げいしゅう》の浅野《あさの》殿の名は聞いておるが」

「それは、そうでございますが、大藩だけではありませぬぞ。今や、数十の藩が賭けに参加しております」

川島が苦笑いして言った。

「凄いことになっておるのだな。おい、風次郎。日ノ本じゅうが、なにやら将棋に燃えておるわ」

「なんだが、出てみたくなりましたが、やはり、ここは自重が肝心――」

「さよう、自重、自重」

俊平はそう風次郎に言うと、笑って吉野と多佳を見かえした。

二人とも、笑ってうなずいている。

「それでは、残念ながら仙台藩といたしましては、戦略を、練り直さねばなりませぬ」

川島は、残念そうにそう言って、ぶるんと身繕いし、立ち上がった。

「ははは、そなたも大変そうだな。だが、賭博で財政を補おうなど、やめておかれたほうがよい」

俊平があらためて川島に言えば、

「上が聞き入れませぬでな」

と、川島が困った顔をつくった。

「多佳」

川島が部屋を出ていくのを見届けて、風次郎が言った。

「それはそうと、伊藤家を訪ねてみるのも、面白いやもしれぬな」

「そうかな」

多佳は意外な風次郎の言葉に、本心を探るように見かえした。

「ほんとうに行くのですか……」

「行ってみよう」

風次郎は、もういちど多佳にうなずいた。

三

将棋御三家の一角である伊藤家の役宅は、高い黒松に囲まれ小禄の旗本屋敷にしては、どこか重々しい佇《たたず》まいであった。

わずか二百石取りで、屋敷自体はさして広くもないのだが、将棋の名門だけのことはあって、ただの旗本の邸宅とはやはり風格がちがう。

門も、屋敷も、金がかかっていそうであった。

内庭に数軒の別宅がうかがえたが、そこは貸家にして収入を得ているらしい。

俊平と風次郎の二人が屋敷を訪ねると、大勢の門弟が玄関まで飛び出してきて、物めずらしそうに二人を出迎えた。

紋服姿の武士も多い。各藩から選ばれて、入門してきた者たちである。

いずれも、柳之助から風次郎のことを聞いているのであろう、事情はよく知っているふうであった。

「これは柳生様まで。風次郎殿も、よう来てくだされた」

柳之助が、先頭に立って嬉しそうに二人を出迎えた。

「さっそくだが、柳之助殿を除いてご門人のなかでは誰がいちばん強いのです」

風次郎が、ずけりと柳之助に訊ねた。

「さてな――」

柳之助が、苦笑いして門弟を見まわした。

「こ奴であろう」

と、仙台藩の若侍の脇腹をつついた。

手狭な屋敷内に入り、十畳ほどの客間に至る。

型どおりに茶と菓子が運ばれ門弟たちが風次郎の顔をのぞく。

「されば、一手お願いいたします」

風次郎が頭を下げれば、さっそく門弟の二人が、盤と駒を用意しはじめた。

柳之助が、俊平の脇へ移ってくると、

「いったい、どうした風のふきまわしです」

と、小声で問いかけた。

「御三家の門弟がどれほど強いか、興味を持ったのだろう」

「それは困った。実際は、御三家とはいえ、兄の宗看を除けば、さほど強くもないのです。門弟からは、なかなか次の代は出ません」

俊平も、黙ってうなずくばかりである。

「将棋というのも、けっこう強さがはっきり出るものでしてね。何度やったって、強いほうが勝つ。家柄なんて関係ありません。だからこそ、御三家を存続させるのも、ひと苦労なのです」

「そうか――」

俊平は柳之助の説明はよくわかる。

「これを、見てくだされ」

柳之助は、冊子を一冊取り出して、俊平に手渡した。

「これは当家の将棋師の名簿です」

名人から上位の者までずらりと有段者が並んでいる。

「伊藤家のなかでの門人たちの順位はこのとおりです。実力というのは、それは、歴然たるものですよ」

高位の者から順に名が連ねてある。整然としたものである。

俊平は、その灰色の表紙の冊子を、パラパラとめくってみた。

「ならばもし、風次郎が誰かに負かされれば、伊藤家の門弟に加わるのかの」

俊平が、柳之助に尋ねた。

「そうかもしれませんが……。風次郎殿に勝てる者など、おりません」

柳之助は、あっさりと言ってのけた。

「あの男は、抜けております。当家の六段、七段の門人でも、風次郎殿には敵《かな》わないでしょう」

「となると、相手になるのは、ご当主の伊藤宗看どのただ一人」

俊平は、呆然と風次郎の顔を見やった。

「ところで、先日、風次郎殿の長屋に、仙台藩の者が訪ねてきたそうですな」

柳之助が訊ねた。

「白石片倉家の方も来られたが、風次郎が伊藤家に入門するのを、勝手に期待しておられた」

「はは。だが、それは無理でしょう」

柳之助は、そう言って苦笑いすると、

「ご覧なされ」

風次郎と対局する男の横顔を見やった。

伊藤家の高弟は、紅ら顔で苦悶し、首を捻っているが、風次郎は、飄然と茶を飲んでいる。

「やっぱり、無理だったか」

柳之助が、あらためて言った。

勝負は、短時間で決着してしまった。幾人かの門人が、代わりにと立ち上がったが、柳之助が制止した。

柳之助は部屋を出て、しばらくすると、中年の男を連れてもどってきた。

伊藤家当主、三代伊藤宗看らしい。

足取りが重い。

宗看は両手をつき、俊平に深々と挨拶《あいさつ》すると、風次郎に歩み寄り、

「そなたが、風次郎殿だな」

と言って、風次郎にも頭を下げた。

風次郎は、すぐに宗看であると気づいたようで、

「お邪魔しております」

と、こちらも丁寧《ていねい》に頭を下げ、礼儀正しく訪問の挨拶をした。

「ようまいられた。そなたは、天野宗順殿のお弟子とうかがったが」

「いかにも。宗順は、私のただ一人の師匠です」

「さようですか」

宗看はにこりと笑い、

「もはや十年も前のことになるが、私は、そなたの師とは何度も対局をしておりまするぞ」

と言った。

「聞いております」

「あれは、なつかしい思い出だ――」

涙ぐむように、宗看が言う。

「だが、あまりに熱が入った対局だったので……残念ながら、横やりが入った」

宗看が、無念そうに言った。

「在野の将棋指しと、将棋御三家が対等に戦ってはまずいらしく。それくらいにいたせ、と幕府や他の二家から、口うるさく言われてしまった」

宗看が、苦笑いを浮かべて風次郎を見やった。

「まこと、心の狭きことよ。しかし、家元とは、こうしたものでな。道理に合わずとも、家を守っていかねばならぬ」

宗看は、そう言って頭を撫でてから、

「久しぶりに、宗順殿のお弟子どのと、勝負がしてみたくなった」

と言った。

「ぜひ、一局――」

風次郎が平伏すると、門弟たちがざわめく。

風次郎は、さっそく誘うようにサクサク駒を並べていった。

宗看も、にたりと笑って同じように並べはじめると、門弟がずらり、二人を囲む。

俊平も、柳之助と並んで、二人の脇に座り込んだ。

駒がならぶと、両者、一変して険《けわ》しい表情で向かい合う。

先手は風次郎で、中飛車。宗看は、ちらと風次郎を一瞥し、しばし考えてから王を逃した。

さすがに伊藤宗看が相手となると、いつもは飄々と駒を操る風次郎も、軽々に動くわけにもいかないらしく、熟考を重ね、慎重に駒をすすめる。

対局はやがて中盤に差しかかり、たがいにがっぷり四つに組み、いずれが優勢とも見えない。

「どうだ、柳之助――」

俊平も、勝負の行方が見きわめられず、柳之助に尋ねた。

「これは……、私も読めません」

柳之助が、吐息を漏らした。

居並ぶ門弟たちも、難しい顔で盤面を睨んでいる。

勝負は互角かと見えたが、宗看の顔には苦悶の色が浮かんでいる。

「どうしたのだ、宗看殿は。ようすがおかしいぞ」

「兄は、これ以上体力が保《も》たぬのです」

柳之助が悔しそうに兄を見た。

「体力か。まだまだじゅうぶんお若いように見えます」

俊平は、青い顔で盤面を睨む宗看を不安そうに見やった。

「これでも兄は少しは持ち直したのです。ただ、長く盤に向かって集中していると、やはり」

「いかん」

宗看の横顔を見つめた。

表情が歪《ゆが》み、薄く脂汗《あぶらあせ》をかいている。

宗看は、しばらく熟考した後、いきなりぱらりと駒を盤上に投げた。

「投了じゃ！」

宗看が呻《うめ》くように言った。

門人が宗看のもとへ寄っていき、崩れそうになる当主の体を支える。

「私の負けだ……」

宗看が力なく言った。

「いや、まだ勝負はついていない」

風次郎が、不満げに言った。

「だが、もはやこれ以上、私には考えられないのだ。身体が保《も》たぬ。投了するよりない」

「そのような……」

「いいのだ。そなたの力は、じゅうぶんわかった。そなたは、私の弟たちよりはるかに力がある。大橋本家へ養子に出した大橋宗桂、そして、そこにおる伊藤看寿」

「伊藤看寿……」

風次郎は、柳之助を見かえした。

柳之助は、三代伊藤宗看の弟にして、初代伊藤看寿その人である。

「私は、弟たちの力量はよう知っておるよ。柳之助ではだめだ。私が病に倒れた今、将棋界でそなたに敵う者はおるまい」

宗看が、風次郎を見据えて言った。

「そこで頼みなのだ。聞いてくれ。伊藤家の門人になってはもらえぬか」

左右を門人に支えられながら、宗看が頭を下げた。

「いえ、それはできません。私には師がおります。伊藤家の指し方とは、流儀がちがう。とても門人にはなれません」

風次郎はきっぱりと断り、顔を背けた。

「風次郎殿……」

　宗看は、悲しそうに風次郎を見つめた。

「そうじゃな。考えてみれば、門人と申しては失礼……。されば、ぜひ伊藤家の養子になって、くださらぬか」

「なんと申される。養子などと……」

　風次郎は、ぽかんと宗看を見かえした。

「養子とは、つまり伊藤家の人間になれということか」

「さよう」

　宗看はどこか悲しげに笑った。

「しかし、私は……」

「いや、これは私だけの頼みではないのだ」

「宗看さまの頼みではない、どういうことです」

「妹の望みでもある」

「宗看さまの妹御など、私は存じませぬ」

　風次郎は狐《きつね》につままれたように宗看を見かえした。

「いや、知っておられる。多佳をご存知であろう」

「多佳が、どうしたのです」

風次郎は、啞然《あぜん》として宗看を見かえした。

「多佳は私の妹。私を、そしてこの家を、嫌って飛び出したのだ」

「嫌った？」

「多佳は、家元制度に縛られた伊藤家の生活が窮屈なのだろうよ。多佳には将棋の才能もある。ゆくゆくは伊藤家の女将棋師になってほしいと、そう私は願っていたが、絵師になりたいそうだ。最近は、絵師になりたいのなら、それでも良いと思うようになった」

「しかし……、まさか、多佳が伊藤家の人であったとは……」

風次郎は、呆気《あっけ》に取られたまま俊平を見かえした。

俊平にも、二人を見つめて発する言葉がない。

「おれと多佳は馬が合った。一緒に暮らしている。夫婦も同然だ。だが養子など、とてもおれの柄《がら》じゃねえ」

「なに、養子というのは形ばかり。伊藤家は、もはやそっくりそなたのものだ。好きにするがいい」

「好きに……？」

風次郎は、困ったように俊平を見かえした。

「だが、養子に入るというのは、別の次元の話だ。おれの将棋は伊藤家のものとはちがう」

風次郎は、わけがわからないというようすで、うわ言のように言った。

「なに、伊藤家の将棋など、そんなことをいわずとも、変えてしまえばいい。しばらく考えておくれ。そなたが伊藤家を継げば、そなたの将棋が天下一となる。面白いとは思わぬか」

「それは、そうだが……」

「どうか、よろしく頼む」

伊藤宗看が深々と頭を下げた。

「伊藤家を救ってくだされ」

「将棋御三家の家元を、どうか」

門弟たちが口々に叫び、揃って頭を下げた。

と、部屋の障子がいきなり開いて、一人の女がふらりと姿を現した。

多佳である。

「風次郎さん、ごめん――」

多佳が青い顔で風次郎に頭を下げた。

「おまえ……」

「あたし、あなたを騙《だま》すつもりで近づいたんじゃないよ」

柳之助がうなずいた。

「多佳と風次郎殿は、たまたま出会ったのだ。寺子屋の手伝いの女と、長屋の将棋の先生が、気ままに付き合いはじめた」

柳之助が言った。

「風次郎、これは、そなたが決めることだ。多佳と一緒になるのはよいが、だからといって、伊藤家に養子入りせねばならぬ筋合いの話とも思えぬ」

俊平がきっぱりと言った。

「だが、上を目指すことも悪くはなかろう」

伊藤宗看が、すかさず口をはさんだ。

「わからねえ。でも、たしかに面白いかもしれねえ」

風次郎が言った。

しだいにその表情が崩れはじめた。

「こうなりゃ、おれは将棋で天下を目指したい。強い相手とは、手当たり次第当たってみたい」

　風次郎は笑っていた。

「まあ、これはそなたの人生の好機でもある。たった一度のな。そなたが決めろ」

　俊平が、そう言って風次郎の肩をたたいた。

　風次郎は、身動きもせず、そのまま考え込んだ。

　その横顔を、門弟たちが固唾を呑んで見守っている。

「だが、だめだ。おれはこれでも九州では少しは名のある将棋指しだ。九州の代表を何人も指導している」

「そうだろう」

「それに、柳河藩の立花貞俶殿には恩がある。おれを藩の誇りとまで言って大切にしてもらっている」

「聞いているよ」

　宗看が笑った。

「その恩を忘れて、柳河を離れるわけにはいかねえ」

　ここで柳生俊平が口をはさんだ。

「なに、そのことなら心配はいらぬ。私は立花貞俶殿とは面識がある。そなたが将棋の道で天下一を目指したいと思っていると伝えれば、きっとわかってくれよう」

「ほんとうかい。柳生先生」

風次郎は目を輝かせて俊平を見つめた。

「大丈夫だよ」

俊平がうなずくと、風次郎はまたにわかに憂《うれ》い顔となった。

「やっぱりだめだ。おれには師匠がいる」

「師匠か。天野宗順殿のことだな」

宗看が言った。

「そうだ。師匠は、花火職人のおれを見出し、将棋の才があるといって、一から手を取って教えてくれた。おれの将棋は、一手一手が師匠の将棋だ。その先生から離れることなんてできねえ」

「つかぬことを訊ねるが」

伊藤宗看が、風次郎の顔を上目づかいに覗き込んだ。

「なんです」

「今、そなたと宗順どのはどちらが強いのだ」

「五分五分と言いたいところだが、今は、ややおれのほうが上だ」

「ほう――」

　宗看は柳之助と顔を見あわせた。

「師匠は、やはりお歳だ。差し手がやや鈍くなっている」

「なら、独立してもよいのではないか。そなたは、そなたの将棋を目指すべきだ」

　宗看が言った。

「そうだよ。風次郎」

　みなが風次郎を見つめた。

「そうだとも」

　柳之助も言う。

「そりゃ、おれだって、おれの将棋をどこまでも目指したい。日本一の将棋指しになりたい。だが……」

「ならば、目指せばいい」

　宗看が、強くうなずいた。

　多佳がじっと風次郎を見つめている。

「問題はいくつもあるはずだ……」

　そう言って風次郎は、宗看を見かえした。

「おれのような者を、幕府は伊藤家の人間と認めるだろうか」

「大丈夫だよ。幕府は、家元制度を崩したくない。伊藤家を断絶させたくないはずだよ」

宗看が言った。幕府とは、胴元となっている幕閣のことであろう。

「養子入りって、どういうことをするんだ」

「すべて、私たちがするよ。風次郎殿、そなたは伊藤家の作法に馴染んでくれればいい」

「おれ流の将棋を押し通していいのかね」

「将棋は、剣術とはちがうのだよ」

宗看は、俊平を見かえして笑った。

「何流などというものはない。好きなように指せばいい。門弟たちも風次郎殿から多くを学ぶはずだ。そうだろう、みなさん」

宗看がぐるりと門人たちを見まわせば、各藩から派遣されている門弟が揃ってうなずく。

「なんだか、おれでも養子に入れるような気がしてきた」

風次郎が、多佳と俊平と見かえした。

「決めるのは、そなただ」

俊平が、笑って言った。

「しばらく考えさせてくれ」

「ああ、一生のことだ。ゆっくり考えてくれ。風次郎殿」

宗看が、満面の笑みを浮かべて言った。

「とにかく、風次郎殿、この家でしばらく暮らしてみてくれ。あなたは、いずれこの家の主となる」

「主か……」

風次郎は、混乱した頭で部屋を見まわした。

俊平は、それを見て、うなずき、柳之助に向かって微笑んだ。

第三章　養子縁組

一

「俊平、今宵はめずらしきお方を連れてまいったぞ」

筑後《ちくご》三池《みいけ》藩主立花貫長《たちばなやすなが》の実弟でありながら、剣術三昧《ざんまい》、継《つ》ぎ接《は》ぎだらけの小袖《こそで》の着流しという、素浪人の風体《ふうてい》の大樫段兵衛がそう言って、連れてきた陽に焼けた男を紹介した。深川《ふかがわ》の料理茶屋〈蓬莱屋《ほうらいや》〉でのことである。

立派な紋服姿で、一見医師に見えるが、髪は総髪《そうはつ》、どこかくだけたようすで、一見俳諧師《はいかいし》のように見えなくもない。

一万石同盟の大名柳生俊平、立花貫長、伊予小松藩主一柳頼邦《いよこまつはんしゆひとつやなぎよりくに》の三人が揃って

その男に目を向けた。

「西国九州は、柳河から出てまいられた風次郎の将棋のお師匠殿で、天野宗順殿と申される」

「お師匠――？」

俊平も、他の二人の大名も、意外そうな顔で男を見かえした。

風次郎から話は聞いていたが、見ればなんの変哲もない小男で、旅の疲れからか精気も感じられない。

この男が、伊藤宗看と五分以上の勝負をしたという風次郎の師匠には、とても見えなかった。

「宗順殿は、本日江戸入りされたばかりでの。柳河藩の花火工房に立ち寄ると、さっそく、風次郎の鬼灯長屋に行ってみたが、あいにく留守であったとのこと。長屋の住人によれば、風次郎め、ここ数日家に帰っておらぬという」

「そうか。されば、伊藤家で寝起きしているのであろう」

立花貫長が言う。

「つまり、風次郎はすでに伊藤家へ養子に入ったということか」

一柳頼邦も貫長に、なんだと顔を向けた。

「早々に移ったたか」

俊平も、風次郎の意外な思い切りのよさに驚いた。

「多佳と正式に所帯を持ち、暮らしはじめたのであろうよ」

貫長も、それがよいとうなずいた。

あれほど伊藤家への弟子入りを拒んでいた風次郎だが、よほど多佳に惚《ほ》れているのか、それとも御三家さえ圧倒して、将棋日本一を目指すようになったのか――。

「だがな。天野宗順殿は、風次郎を止めるため、柳河から出てこられた」

段兵衛が言った。

「さよう。段兵衛殿の申されるとおり」

天野宗順は、貫長の酒を鷹揚《おうよう》に受けて言った。

「あ奴は、まだ修業の身じゃ。わしは、すべてを教えきったとは思うておらぬ。未熟な風次郎が、わしをさし置いて伊藤家の門人になど、十年早いわ」

「いやしかし、風次郎はすでに御三家をも圧倒する将棋師なのでは――」

一柳頼邦が、怪訝そうに宗順を見かえした。

「あ奴はまだ、わしの出した詰将棋を解けず、考えあぐねておる。なにが養子入りじゃ」

宗順は、吐き捨てるように言って、膝をたたいた。

「なるほど、風次郎め。お師匠の出した詰将棋も、まだ解いておらぬのか。されば、師匠の宗順殿が風次郎に怒るのも納得できる」

立花貫長が、ぐびと盃の酒を空《あ》けて言う。

「しかし、風次郎の実力は、もはや紛《まぎ》れなきものでは……」

頼邦は、風次郎の肩を持っているようである。

「なんだか、ようわかりませぬが、お師匠さま、おひとついかが」

梅次《うめじ》が、宗順に銚子《ちょうし》を向けると、

「おお、これは、これは」

と、宗順は頬をほころばせた。

だいぶ酒が好きらしい。

「いやな、江戸の酒は久しぶりじゃよ。酒は、江戸にかぎる」

宗順が、盃を満足そうに傾けて言った。

「まあ、どうしてでございます。酒は上方《かみがた》のものがいちばん。江戸ではむしろ、上方からの下《くだ》り酒が上等とされておりますよ」

梅次が、意外そうに尋ねた。

「うむ、じゃが、その下り酒がすべて集まってくるのは、江戸なのじゃ。選ぶのも箇単。それゆえ、江戸の酒がいちばんじゃ」

「なるほど、面白いことを申されます」

「九州には、〈残月《ざんげつ》〉というお酒がございますね」

梅次が言う。

「あの酒は、すこし辛口じゃが、たしかに美味い。九州は食べ物が濃い口じゃ。柳河はよい所じゃが、むつごろう、鰻、どじょうと、さっぱりした味のよい魚が少ない。江戸のものはとてもよい」

天野宗順は酒がまわるのが早いのか、すこぶる饒舌《じょうぜつ》である。

「まあ、お師匠――。江戸へは、以前もいらっしゃったとのことですが、このたびは」

梅次がまた酒器を向けて訊ねた。

「だから、風次郎を止めにまいった。それから、仙台藩から、藩士たちへの将棋の指導をたのまれておってな」

「それにしても、将棋はお大名ばかりでなく、町人の間でも大はやり。といっても、賭け将棋ですが」

「賭け将棋か。町人の間で流行っているのは初耳だが」

立花貫長が梅次に顔を向けた。

「はい、富札で言えば陰富のようなもんですよ。江戸の富裕な商人の間で流行っているようです。わたしのご贔屓さんが、そりゃ熱心で、あたしもぜひ買ってみろって」

梅次がみなを見わたして言った。

「賭け札は高いのか」

立花貫長が訊いた。

「一両からですって。あたしには、ぎりぎり一両しか買えませんから、とりあえず一両だけ」

「だが、大したものだな。一両だと。柳生藩ではそれはむりだな」

俊平は、笑って段兵衛を見かえした。

「まあ、ご冗談ばかり」

梅次が言う。

「で、人気のほどは、どうだ」

「それが、また伊藤家の人気が盛りかえしているそうなんです」

梅次が言った。

「それは、風次郎が養子に入ることが知れはじめたからか」

「そのようだな、段兵衛」

俊平も唸った。そうとしか考えられない。

「だが、そうなると、大橋本家や大橋分家に賭けている諸藩は、風次郎が邪魔になりそうだな」

貫長が、難しい表情となった。

「兄者、なにを考えている」

「うむ、よもや心配するようなことはないと思うが」

貫長は、それ以上言いかけて口をつぐんだ。

つまり欲に目のくらんだ諸藩が、風次郎を亡き者にすることもありうる。

「いちおう、用心させたほうがよいかもしれぬな」

一柳頼邦も、眉を曇らせて心配を始めた。

「そういえば、長屋にいた頃から、風次郎には身を隠して近づいてくる者があると聞いたぞ」

段兵衛が、風次郎から聞いた話を披露《ひろう》した。

「仙台藩の藩士たちではなくてか」

俊平が、盃を持つ手を休めて訊いた。

「いや、その者はいずこかの藩の者ではなく浪人者という。総髪に着流しの浪人ふうの男で、忘れた頃に、ふと姿を現すという。風次郎は、ずいぶん気味悪がっていたぞ」

「段兵衛、そのこと、ちと気になる。気を配っておいてくれぬか」

「もとよりのこと」

段兵衛が俊平に請けあえば、一柳頼邦も、ふむとうなずいた。

「それにしても、風次郎をめぐっては、まだしばらくごたごたがつづこうな」

貫長が、心配げに言った。

「なに、私が連れて帰ればそれまでのことだ」

宗順が、盃の酒を大きく飲み干して応えた。


風次郎の師天野宗順が、伊藤家の門をたたいたのはそれから三日後のことである。

柳生俊平が、案内役として同席することとなる。

宗順は、かつて接戦を演じた御三家の当主を前にし、よほど気合が入っているのか、その日は表情も固い。

一方の伊藤宗看は、懐かしげに宗順を迎え、丁重に居間へ通した。

江戸を騒がせた数局を戦い抜いた間柄だけに、宗看には、胸に溢《あふ》れるものがあるのだろう。しばし涙ぐみ、言葉さえ失っている。

「宗順殿、風次郎にはやられたよ」

と言った。

「あいつはまことに強い。そなたの弟子ゆえ、無理からぬことだがな」

宗看は力なく笑ってから、

「私は、満足に将棋が指せぬ体になってしまった。だから、風次郎に伊藤家を継いでほしいのだ。幕府も、家元を守りたがっている。たとえ伊藤家の血筋が絶えようとも、風次郎が妹の多佳と夫婦になって家を継げば、それでよいと言ってきている」

それほどまでに話が進んでいるのかと、俊平も宗順も驚いた。

風次郎を養子に迎える話が、すでに幕閣にも知れているのだという。

「だが、そうまでして、御三家などという家元を残したいという気持ちが、わしには理解できぬ」

天野宗順が、宗看へ不機嫌そうに言い放った。

「将棋は、もはや日ノ本じゅうで、じゅうぶん人気がある。家元などにこだわらずとも、後世へ継がれていくであろう」

　宗順が、さらに憮然とした口調で言い添えた。

「それはそのとおりだが、信長公、秀吉公、家康公の三代に寵愛を受けた、初代大橋宗桂さまの末裔である御三家を、後世に残していくのも大切なことなのだ」

　どうかわかってくれ、と言わんばかりに、宗看が念を押して言う。

「将棋が大衆の娯楽として栄えているのは、大いにけっこうなことだ。しかし、格式ある伝統遊戯として後世まで残るには、たしかに家元制が今もって重要と私は思う」

　宗看が落ち着いた口調で説くように言った。

「その道理は、わしにもわからぬではない。だが、大橋家や伊藤家と縁も所縁《ゆかり》もなく、門人でもなかった風次郎を養子に迎えるとあらば、もはや格式もなにも、あったものではないではないか」

　宗順が憤然《ふんぜん》とした口ぶりで言った。

「それでも、家の名が残ることに意味があるのじゃ。柳生様は、どうお考えです」

　宗看が、俊平に話を向けた。

「棋界のことは、よくわかりませぬな。しかし私とて、もとはと言えば越後高田《えちごたかだ》藩の久松松平《ひさまつ》家から、養嗣子《ようしし》で柳生家へ入った者。私は頭が固すぎるのかもわからぬが、他家から養子を迎えてでも、家元を守りたいという宗看殿のお気持ちはわかる気がする」

俊平は、率直な意見を述べた。

「されど、柳生新陰流とて、上様の剣術指南役に甘んじ、剣術の腕を磨かねば、いずれその地位を脅かされよう。家元とはいえ、実力がなければそれまで」

天野宗順が、言いたい放題に言った。俊平は苦笑いをした。

「宗順殿、そこまで申されずとも……」

伊藤宗看が、俊平を気づかって宗順に言った。

「まあ、話はそれくらいにして、久々にお二人で一局いかがでござろう」

俊平がまだ苦笑いしながら、二人を見かえした。

「私は、いつでもお相手いたすが」

伊藤宗看は、大きく胸を膨らませると、右脇の門弟を見て、盤を取ってくるよう命じた。

と、いきなり廊下側の襖《ふすま》が開き、ふらりとした足どりで風次郎が姿を現した。

「こ奴、やはりここにおったか」

「あ、これは先生……」

そこまで言って、風次郎は絶句して、バツが悪そうに顔を背《そむ》けた。

「そなた、もはや伊藤家の者となってしまったか」

「あ、いや、その……」

「なってはおらぬ、と申すか」

「いえ、まだ考えあぐねております。どうしたらよいかと……」

風次郎が、しどろもどろに応える。

「そなた、わしの門弟ではなかったか。わしをさし置いて、伊藤家を継ぐと本気で申すのか」

「宗順殿。どうか、風次郎殿をお許しくだされ。風次郎殿は、妹の婿《むこ》でございます」

伊藤宗看が、間に割って入った。

「たしかに風次郎は、こちらの多佳殿と所帯を持ったと聞いた。だが、養子縁組というのは、また別の話では――」

「それは、まあそうではありますが……」

「風次郎、そなた、まだわしの出した詰将棋も解いておらぬのではなかったか。それで師を捨て、将棋御三家に入り、天下一の将棋師を名乗るのか」

「それは、その……」

風次郎は、もはや口答えもできず、一同を見まわし、襖を弾き飛ばすようにして部屋を飛び出していった。

「ふん、風次郎め」

天野宗順が、にやりと笑って言った。

「されば、わしはこれで帰るとしよう」

「あ、いや、久方ぶりのこと。一局所望したい」

伊藤宗看が、宗順を睨み据えて言った。

「おやりになるか。されば――」

天野宗順が、じろりと宗看を見かえし、座り込んだ。

「私は、まだまだ負けはせぬ」

宗看が、大きく息を呑み気負い込んで言った。

「さて、いかがかな」

宗順は笑って、駒を並べはじめた。

門弟が、熱気をはらんでぐるりと二人を取り囲む。

俊平も、にやりとして脇に座した。

「はて、何年ぶりになろうかの」

宗順は、笑って宗看を見かえした。

「とうに、十年は越えていよう」

盤面は、序盤から膠着《こうちゃく》して動かない。

「天野宗順殿は、やはりお強いのう。当代随一。私は、敗れるやもしれぬ」

宗看が重い吐息を漏らした。体調に異変が生じているらしい。

「なにを、まだ始まったばかり」

天野宗順が、ちらりと宗看を見かえした。

「いや、もはや体がついてこぬようになってしまった。今の御三家には、天野殿や風次郎に並ぶ者がおらぬ」

宗看が、さびしそうに言った。

宗順はかえす言葉もなく、宗看の次の一手を待つ。

病に冒され、弱気になった宗看の気持ちが、痛いほどわかった。

しばらくしても、宗看の手は動かない。

やがて、その体がぐらりと揺れて、将棋盤にばたりと倒れ込む。

駒が、四方に弾け飛んだ。

「先生ッ！」

門弟が、いっせいに立ち上がり、宗看を支える。

「宗看殿は勝負に負けていない。勝負はいまだ互角であった」

俊平がそう言うと、宗順も険しい表情でうなずいた。

二

「風次郎さん、このところまったく長屋に帰ってないそうです」

それから十日ほど経って、風次郎を気にかけ、吉野とともに鬼灯長屋を再訪した伊茶が荒い息を継ぎながら俊平に言った。

「やはり、おらぬか」

ちょうど遠耳の玄蔵とさなえから風次郎の話を聞いていたところで、俊平は二人と顔を見あわせた。

風次郎は、宗順が伊藤家を訪問した晩に家を飛び出し、そのまま行方をくらませていた。

そこで俊平は、玄蔵とさなえに、風次郎の行方を捜してもらうよう、頼んでいたところであった。

「お局館のみなさまも、八方手を尽くして捜してくださったのですが、どこにも姿が見当たらないのです」

　伊茶が、困ったように言った。

「風次郎は、江戸に出て来てまだ日が浅い。知っているところといえば、大川端の花火工房や堺町《さかいちょう》の〈大見得《おおみえ》〉、本所の船宿〈みおつくし〉くらいのものだろう」

「本所の船宿は、当たってみたか」

「〈みおつくし〉の船着場は、私も当たってみましたが……」

　さなえが言う。

「いや、私が聞いたところでは、風次郎さんは、数日前に一泊していたそうです」

「なに、いたか」

　俊平が、玄蔵の言葉に驚いて言った。

「多佳さんと一緒だったそうです。ただ、次の日には、すぐ発ってしまったそうで。どこへ消えちまったか」

「どうやら、逃げてまわっているようすだな」

「はい。宿の女中の話では、風次郎さんらしきそのお方はなにやら気も漫《そぞ》ろで、多佳さんとも余り口をきかず、黙り込んでいたそうです。連れの多佳さんは、絵具をもち、舟遊びをしていたそうです」

「多佳は、絵師志望だからな」

「その女中が言うには、多佳さんは木場《きば》をめぐって丸木橋を描いてみたり、大川沿いの江戸の町を描いてみたりと、なんとも上手に描くんだと言っていました」

「はは、その絵、一度見たいものだ」

俊平は、笑いながら伊茶とうなずきあった。

「いずれにしても、あ奴、江戸を出てはおらぬのだな」

「おそらく」

玄蔵が強くうなずいた。

「とすると、風次郎め。宗順殿と会ってばつが悪くなり、師匠の出した詰将棋を解いているのかもしれぬな」

「なるほど。それなら心配いりませんが」

玄蔵が、さなえとうなずきあった。

「それで、風次郎が船宿を発ち、どこに行ったかは今もってわからぬのだな」

「はい。女中の話では、風次郎は屋根船の船頭と仲良くなり、あれこれ船宿の所在を聞いていたということでございます」

「宿を転々としているのであろうな」

「おそらく。お師匠が怖くて逃げまわっているのか、伊藤家から一度離れて、詰将棋の難問に専念しているのか」

玄蔵が苦笑いして言った。

「かわいい奴よ。だが、よく金がつづくものだな」

俊平は、伊茶と顔を見あわせ不思議がった。

「どうも、いずこかの藩が金を出しているように思われます」

さなえが言った。

「ふむ、さすれば仙台藩あたりであろうな。玄蔵、あいすまぬが、本所、深川あたりの船宿を、しらみ潰しに当たってもらえぬか」

「やってみましょう」

玄蔵は、さなえとうなずきあった。

「私にも、二人を探させてくださいませんか」

伊茶が座り込み、俊平にすがって言った。

「そなたまで――」

「いいのです。詰将棋を考えているだけなら、他愛ない話ですが、大橋本家や大橋分家に賭けた諸藩の動きも気になります。用心するに越したことはないかと」

「うむ、そのことがあったな。たしかに気がかりだ。されば、私もできるかぎりのことをしよう」

俊平は、玄蔵やさなえとうなずきあってから、小姓頭《こしょうがしら》の森脇慎吾《もりわきしんご》を呼び寄せ、江戸の切絵図《きりえず》を急ぎ持って来させるのであった。

それから三日の後、慎吾を伴い、風次郎の捜索に明け暮れた俊平が、屋敷へもどってみると、すぐに玄蔵とさなえが屋敷に飛び込んできた。

「いやあ、散々探しましたよ。風次郎似の男を見たと聞けば、あちこち船宿や猪牙《ちょき》に乗って、大川に浮かぶ空舟《からぶね》のなかまで探しましたよ。小舟に揺られながら、詰将棋の冊子と睨めっこしているんじゃないかって思いましてね」

玄蔵がそう言えば、

「あたしは、煮売り屋をあちこち回りました」

さなえが言う。

「それで――」

「おりましたよ」

玄蔵が、にやりと笑った。

「なに、どこにいた」

「へえ。大川の土手の上で、腕を組んで、ぼんやり考えごとをしておりました。船頭をずっと待たせてね」

「詰将棋を考えていたのであろうな。冊子は持っていなかったか」

「いいえ。たぶん、もう頭に入っているんでしょうねえ」

「そうか」

「で、あっしが、風次郎さんじゃございませんか、と声をかけると、おまえは誰だと怖い顔をするんで、柳生様が探しておられますよ、と言うと、知ったことか、と言い放ち、船頭に命じて去っていきました。あっしは、しばらく土手を追っかけましたが、大川を舟で逃げる者を、どうすることもできません。それに、別に罪を犯したわけじゃありませんしね」

「それは、そうだ。苦労をかけたな。むろん、宿も教えてくれなかったのだな」

「そのようなもの、知らん。勝手に探せなどと」

玄蔵が、風次郎の声音をまねて言った。

「はは、あ奴らしい」

「ただ……」

「なんだ」

「いずれ、柳生様には会いに行くと」

「つまり、私に待っておれ、ということか……」

俊平が、笑いながら言った。

「どういうことなんでしょうねえ」

「ところで、あ奴、多佳とは一緒ではなかったのか」

「一緒じゃございません。宿に残しているんでしょう」

「とまれ、無事でよかった。風次郎は、今や賭博将棋の野分きの中心だ。諸藩の刺客《しかく》に狙われておるやもしれん」

俊平が言うと、玄蔵もさなえも、うなずき合った。

「御前が、以前段兵衛殿から聞いたという、総髪の剣士はその後――」

その男とは、俊平が先日、〈蓬莱屋〉で天野宗順に初めて会った時に、段兵衛から聞いた浪人ふうの若侍のことである。

「どれほどの剣の遣い手かどうかは、まだわからん。だが、いずれ現れよう。それで、諸藩の動きはどうだ」

風次郎が行方をくらましたことで、賭けに熱中する諸藩の動きも気になった。

「まず仙台の伊達家でございますが、宗順先生を丁重に歓待し、宿舎を提供しているようです」

「仙台藩としては、宗順は大切な風次郎のお師匠だからな」

仙台藩は、風次郎が伊藤家の養子に入ることを支持するよう、天野宗順を説得するつもりかもしれなかった。

「なんでも、ご藩主伊達吉村公とも対局したとか、していないとか。ただ宗順殿は、風次郎のことは知らぬ存ぜぬの一点張りだそうで」

「はは、あのお方らしいな」

そう言って俊平が苦笑いしたところで、伊茶が客間に入ってくると、二人に茶と菓子を勧めた。菓子は、玄蔵お気に入りの酒蒸し饅頭である。

「私が、多佳さんに会ってみましょう。風次郎さんのお気持ちなど、いろいろ聞けるのではないかと思います」

伊茶が言う。

「それはよい案だ。女同士なら、なにかと話しやすいこともあろう」

俊平は、よろしく頼むと言って、伊茶を送り出すことにした。

その夜、一日じゅう屋敷を空けていた伊茶がもどってきた。運よく、本所の界隈《かいわい》で多佳に出会えたといってひどく喜んだ。

多佳によると、風次郎は結局、〈みおつくし〉が一番居心地よいらしく、そこが常宿のようになっているという。

風次郎は今も心ここにあらずで、多佳ともほとんど口をきかず、詰将棋に頭を抱える毎日だという。

「ほう。佳境《かきょう》に入っておるな」

俊平が、面白そうに納得した。

伊藤家を継ぐ気持ちは、おそらく変わっていないのだろう。だが、師匠の出した難問の解けないうちは、将棋師として独り立ちできない、と考えているようだ。

俊平は、風次郎のようすを聞いて、もうしばらく待ってやることにした。

「ただ、気になりますのは——」

伊茶が俊平の脇に座り込んで言った。

「風次郎さんの周辺に、また奇妙な侍が出没するようになったと、多佳さんが言うのでございます」

「なに、それはまことか！」

「総髪の若侍で、鋭い殺気を放っているそうです。ここ数日は、風次郎さんの前に現れては、にやりと薄笑いを浮かべて、すぐ消えていくというのです。あいにく雑踏のなかで斬りにくいのでしょうか。まるでいつ風次郎さんを殺すかを楽しんでいるようだと、多佳さんは心配しておられました」

「それはいかん。いずれ頃合いを見計らって、襲ってこよう。私がついておらねば危ない」

「しかし、風次郎さんは、今は俊平さまにお会いしたくないのでございましょう。私がそっと、遠くから風次郎さんを見守ることにします」

「いや、しかし、そなたが――」

「大丈夫です。私の剣は、まだまだ鈍《にぶ》ってはおりませぬ」

「そのようなことは、心配はしておらぬが、奥を放り出し、ずっと風次郎に付いているわけにもいくまい」

「なんの。多佳さんのお話では、風次郎さんが詰将棋を解き終わるまで、あと数日というところではないかと」

「それなれば、よいが……」

言い出したら聞かぬ性分の伊茶のこと、俊平はやむなく風次郎の警護を託すことにした。

次の日の夜、もどってきた伊茶に話を聞いてみると、なんと伊茶は賊と刃を合わせたという。

「夜陰に紛れて風次郎さんにいきなり襲いかかってまいりました。その顔まではさだかに見えませんでしたが、したたかな男でございます。撃ち込みは激しく、しかも素早いため、私もその刃を受けとめるのが精いっぱいで、残念ながら取り逃がしてしまいました」

「それは危なかったな。無事でなによりだ。それで、その場所は」

「船宿〈みおつくし〉の裏手の船着場でございます。風次郎さんの乗った船がもどってくると、いきなりその男が抜刀して駆け寄ってまいりました。私も同時に飛び出し、刃を交えましたが……。さいわい、男は風次郎さんに斬りつけることなく去っていきました」

「風次郎は、さぞや驚いたであろう」

「はい、ひどく怯《おび》えておりました」

「風次郎は、そなたが側にいたことには気づいていたのか」

「いいえ、知らなかったはずです。風次郎さんも、その場に私を残し、逃げるように走り去っていきました」

「はて、それにしても、その刺客は何者であろう……」

俊平は伊茶をじっと見つめた。

伊茶はしばらく考えてから、

「あの一撃目の激しい撃ち込みは、薩摩の示顕流《じげんりゅう》かもしれません」

と言った。

「示顕流か──」

「夜の深い闇のなかのこと、さだかではございませんが……」

もし薩摩からの刺客となれば、途方もない大きな敵を相手にすることになる。

薩摩藩は大橋本家に賭けているようだ。風次郎を亡き者にすれば、大橋宗桂が順当に勝利し、藩財政が潤うのであろう。

風次郎は、今や大藩の財政を揺るがす存在になってしまった。

「おそらく、この勝負で幾万両もの金が動くのであろうな」

「そうでございましょう」

「相手が薩摩となれば、そなたとて、よほど気をつけねば危ないぞ。もはや、御城将棋の行く末を左右する事態となっておる。私は、上様の密命を帯びた影目付。ここはやはり、私が出よう」

「さようではございましょうが、こうなりますと、俊平さまお一人でも危のうございます」

伊茶が、心配そうに言う。

「むろん、玄蔵にも手を貸してもらう。もっとも、風次郎と多佳が、まだ〈みおつくし〉に残っておればよいが」

「風次郎さんは、だいぶ怯えておりましたゆえ。もう、宿を去ってしまったかもしれません」

伊茶が、困り顔で黙り込んだ。

風次郎が多佳を連れて、別の宿へ移った可能性は高い。となると、また初めから風次郎と多佳を探さなければならない。

その間、風次郎が無事でいられるか、俊平はいたく心配であった。

三

筑後三池藩主立花貫長は藩政のごたごたから逃げまわり、同じ一万石同盟の一柳頼邦を誘って〈蓬萊屋〉に三日と空けず通い詰めていると荒稽古の後の茶の席で言う。

頼邦の妹伊茶などは、

「貫長さまも、まことに困ったことにございます。兄頼邦の小松藩は、財政厳しき折、連日のように〈蓬萊屋〉で湯水のようにお金を遣う余裕はございませんのに」

と、嘆くことしきりだが、それはさておき、その貫長が〈蓬萊屋〉で贔屓の芸者染《そめ》太郎《たろう》から奇妙な話を聞いたと俊平に告げた。

〈蓬萊屋〉の二階で、奇妙なことにたびたび風次郎の師匠宗順を見かけるという。

「宗順殿は、仙台藩にたびたび呼ばれていると聞いた。相手は仙台藩なのではないのか」

俊平が笑って言えば、

「いや、どうもそうではないらしい。相手は商人で、染太郎の贔屓らしい。なんでも、両替商。備前屋《びぜんや》という話だ」

俊平も、備前屋の名は聞いている。

江戸でも一、二を争う豪商で、その商人仲間を集めてお城将棋の賭けの胴元となっているらしい。

「さては、備前屋め、宗順殿に風次郎の去就を訊ねたいのであろう」

俊平が、なるほどと顎を撫でた。

「そうであろうな。風次郎が伊藤家の者として立つか立たぬかで、勝敗の行方はがらりと変わる。あの者らにとっては、幾万両もの大金が、どちらに落ちるかその大きな分かれ目なのだ」

「だが、大丈夫かの、宗順殿」

俊平は、段兵衛に不安な顔を向けた。

「染太郎の話では、とにかく連日のように招待し、下にも置かぬ接待ぶりという」

「いちど、それとなくようすを見てみたいものだが」

俊平としては、そのようすを我が目で確かめたい。

「だが、そなたが動けば目立とう。と言って、わしが訳もなく顔を出すわけにもいかぬ。しばらくは、染太郎の報告を待つよりあるまいが」

段兵衛は、あきらめたように言った。

「他に、どのような客が集まっているという」

「ほとんどが、同業の両替商らしいが、強面《こわもて》の用心棒らしき浪人者も混じっているという」

「たちの悪そうな奴らだな」

「連日、呼び出しているところをみると、宗順殿からまだ確信めいたことを聞き出しておらぬのであろう」

段兵衛は、苦笑いして俊平を見た。

「あの宗順という御仁、なかなかのしたたか者のようだの。上手《じょうず》にはぐらかしながら、酒にありついているようだ。染太郎の話では、江戸に出廻っておる上方《かみがた》の下《くだ》り酒は、すべて呑み尽くしてやるなどと豪語しておったそうな」

「まことに、妙な御仁だな」

俊平は、あきれ顔で宗順の鄙《ひな》びた顔を思い出した。

そんな話を段兵衛と交わした次の日の午後のこと、いちど風次郎の鬼灯長屋に顔を出した仙台藩士の川島庄右衛門が、ひょっこり柳生藩邸を訪ねてきた。

伊達家のような大藩の客を迎えることなどついぞなく、伊茶が自ら茶を淹れ、川島庄右衛門に丁重に供すれば、

「これは、まことに痛み入りまする。なんともよい湯加減でござる」

と言って川島庄右衛門は、愛想よく旨そうに茶を飲み干した。

「仙台藩も、風次郎の動向が気になるのでござるな」

俊平が、茶目っ気を交えて川島庄右衛門を上目づかいにうかがえば、

「あ、いや――」

川島庄右衛門は、手を上げて遮り、

「風次郎殿が、伊藤家を正式に継いだことは摑んでおります」

と言った。

「ほう、耳が早い。どのようにして知られた」

「なに、幕府に正式に届けが出されておれば、まずまちがいないところ。されば、これで伊藤家の勝利はほぼまちがいないところと存ずる」

庄右衛門は自信たっぷりに言ってのけた。

「しからば、本日、我が藩邸をお訪ねのむきは――」

「それがでござる。たびたび天野宗順殿を江戸藩邸に招き、将棋の指南を請《こ》うてまいりましたが、話に聞けば、風次郎殿はこのところ行方不明とか。これは取り越し苦労かと存ずるが、もし、反対派が絡んでくれば、ちと面倒」

「それは、痛み入る」

俊平は笑って庄右衛門を見かえした。

この仙台藩重臣、一万石の大名を茶飲み友達のように思うておるな、と俊平は苦笑いした。

それから二日経って、玄蔵が、

――宗順先生の話を小耳に挟んだので、ご報告まで。

と藩邸を訪ねてくる。

「それが、あの先生、あちこちの湯屋を廻っていたようなのでございます」

「湯屋。どういうことだ」

「つまり、勝負将棋でございますよ。昔とった杵柄《きねづか》。あちこちの湯屋を巡り歩いて勝負をしかけていたということで。十戦無敗、あいかわらずの強さで、気をよくしているという話でございまする」

「人騒がせな人だ。それにしても、相変わらず凄いものだ。十戦十勝か」

「そりゃあもう、かつて伊藤宗看殿とあれだけの名勝負をした御仁でございますから、そんじょそこらの相手に負けるはずはございません」

「それはそうだな」

俊平も腑に落ちて安堵すると、あらためて宗順の奇人ぶりに微笑みが漏れてくる。

そこからさらに数日して、仙台藩の川島庄右衛門がまたひょっこり柳生藩邸を訪れた。

「ご多忙中とは存じまするが。ご心配をかけてはまずいとご報告まで。すぐに退散いたします。宗順先生がもどってまいられましたぞ」

川島庄右衛門の語るところによると、宗順はまた何食わぬ顔で仙台藩邸に現れたという。

「なんと、で、どのようなようすなのです」

「それが、まったく以前とかわらず、飄々としたそぶりで、われわれに将棋を指導しておられます」

「ふむ。どこに行っていたか、申したのか」

「それが、江戸の湯屋が珍しく、あちこちを廻っていたと申され、いささか湯あたりしたらしいので、しばらくは行かぬと」

「なんとも、恍《とぼ》けたことを言う御仁だな」

「まことに」

「して、仙台藩は、風次郎の勝利に確証は得られたのでござろうか」

俊平がにやりと笑って、川島庄右衛門に問いかけた。

「どうやら、宗順殿のようすからみて、それは確かのようでございますな。あの御仁は、初めから風次郎殿の勝利は確信しておられるとみました」

「それは、なにゆえに」

「我らの見たところ、風次郎殿が伊藤家を飛び出したのは、宗順殿の詰将棋をまだ解いてないからと宗順先生から指摘されたからでござる。なるほど、それが解けぬうちは帰宅もできぬと考えたからであると思いました。宗順殿も、同じことを考えておられるとみられ、また風次郎殿はお力からして問題なく詰将棋は解かれると踏んでおられるごようす。安堵しております」

「なるほどな。いや、たしかにそうであろう」

俊平もうなずいた。

「あの宗順というお人、奇人であると同時に人間通よな」

「まことに。おそらく、湯屋で数多くの相手と真剣勝負を重ね、いつしか大変な人間通となったのでございましょう」

川島庄右衛門はそう言い残して、ちょっと忙しそうにする俊平を見かねて、

「それでは、今日はご報告まで。仙台藩も安心して風次郎殿に賭けることにいたしまする」

藩邸を早々に去っていった。

この話を後に伊茶にすると、

「仙台藩から見れば、一万石の柳生藩など、玩具のように小さな藩。下手《へた》をすれば、

ご縁戚の支藩のほうが当藩よりはるかに大きいのではございませぬか。俊平さまのお気楽なようすにつられて、どんな暮らしぶりかのぞいて帰られたのではないでしょうか」

などと言って笑う。

「そういうものか。されば、まことに呆れた男よ」

苦笑いして、川島庄右衛門を思いかえした。

軽く舌打ちしてみるが、本気で怒る気にもなれない。

とまれ、話のあった宗順のことが気になって、俊平は久しぶりに段兵衛と連れ立って〈蓬萊屋〉を訪ねてみることにした。

染太郎の姿はなく、まずは梅次と音吉を呼んで飲むことにする。

貫長や頼邦のいない〈蓬萊屋〉は珍しい。

「染ちゃん、このところ、どういう風の吹き回しか、大の人気者」

梅次は、やっかむでもなく、染太郎の人気ぶりを太っ腹に喜んでいる。

宗順が二階に来ていることは二人も染太郎から聞いて知っているらしく、店ではだいぶ噂になっていたとのことである。

しばらくして、

「柳生先生。段兵衛さま。梅次さんじゃなくて、あたしに会いたいなんて、どんな風の吹き回しかしら」

と、染太郎が現れた。

「お待たせして、ほんとうにごめんなさい」

と言って、染太郎が俊平と段兵衛の間に座り込み、

「宗順先生、このところお見えになりませんよ」

と言った。

「あれだけ頻繁に遊びに来ていたのに」

梅次が音吉と顔を見あわせた。

「ほんとうに」

音吉もうなずいた。

「いや、先生はしばらく湯屋めぐりであったと聞く。両替商の備前屋も来ぬようになったのか」

「いえ、備前屋さんは、あいかわらずよくお見えになりますよ」

「そうか、にわかに宗順殿に興味が失せたと見える。何かあったのか」

「さあ」

「柳生様」

梅次が口を挟んだ。

「備前屋さんは、風次郎さんがほんとうに伊藤家を継いだか、確かめたかったのでございましょう」

「おそらくな」

「ならば、もう確証を持たれたということではございませんか」

「まあ、そうかもしれぬが」

「でも、お姉さん、そうではなくて、あきらめたとも考えられません？」

音吉が、そう言って小さくうなずいてみせた。

音吉の勘も当たる時がある。

「備前屋のご機嫌はどうなのだ。満足そうしているのか」

「それが……」

染太郎がふと考えてから、

「なんだか、いらいらしていらっしゃって。近寄りがたいんです。それにお仲間とも、なにやら声を潜めてひそひそと」

「そうか。ならば風次郎について、まだこれと言った確信は得ていぬということであろうな」

俊平は、得心して段兵衛とうなずきあった。

「ならば、なぜ、宗順先生にもっと食い下がらないのでしょう」

「うむ」

女たちが、顔を見あわせ、眉をひそめた。

「らちがあかぬと見て、強引な手段に及んだということはなかろうな」

段兵衛が言った。

「そこまでのことは、商人のことだ、まず、するまいが」

女たちも、うなずいた。

「そう言えば、備前屋さん、このところお店に招く人たちが変わってきたみたい」

染太郎が言った。

「ほう、どう変わってきた」

俊平が、染太郎の顔をのぞき込んだ。

「あらかた大藩のご家臣」

「薩摩の芋侍と、芸州浅野家の侍が多いんでしょう」

横から染太郎に話を向ける。

「そう聞いています。漏れ聞こえてくる話では、薩摩が大橋家で、浅野家が大橋分家を支援している口ぶり」

染太郎が俊平と段兵衛をそれぞれ見て言った。

「お武家さんが多くなったようなのです。それもたぶん、浅葱裏《あさぎうら》ばかりじゃなくて幕府のお役人もいたみたい」

「それは、ちと気になるな。商人が、幕府や諸藩要人と会うということは、備前屋が政商として立ち回っていることの証《あかし》でもあろう。はて、誰と会っているのか」

「よくはわかりませんが、大名ふぜいのお武家を紀伊守《きいのかみ》さま、と呼ぶのが聞こえました」

「紀伊守とは、その名は寺社奉行の松平紀伊守か……」

「なんでも、ひどく小声で額を寄せて語り合っている姿が、いつもの備前屋さんとは別人のようで、思わず逃げてきてしまいました」

染太郎が首をすくめた。

「よからぬ相談をしているらしいことはわかるが、はて、何を話しているのか。話の内容が知りたいものだ」

俊平は段兵衛と顔を見あわせた。

四

それから三日後、幕府お庭番遠耳の玄蔵が、めずらしく息せき切るようにして柳生藩邸へ飛び込んできた。よほど、急ぎ俊平に報せたかったらしい。

俊平は、若手の門弟数人を集めて荒稽古の最中であったが、珍しく道場のなかまで駆け込んできた玄蔵に、おお、と駆け寄った。

「御前、風次郎が見つかりました」

「ご苦労であったな。して、どこにいた」

「それが、大川の東岸、向島《むこうじま》の土手の上で。ぼんやりと難しい顔をして、小冊子を睨んでおりました」

「はは、目に浮かぶようだな。川っぷちの土手の上など、考えごとをするには、ちょうどよい場所かもしれぬ」

「大川端では、船頭がなにをするでもなく、煙草《たばこ》をふかしておりやした」

「して、どんなようすだった。詰将棋は解けておったか」

「さあ。そのあたりはあっしも船の上からなんで、表情までは見えなかったんですがね。以前よりは、だいぶのんびりした顔でございましたよ」

「そうか」

俊平は、なるほどと顎を撫でた。すでに解けたか、あるいはもうじき解ける段階まできているのだろう。

「されば、私も近づいてみようか」

「へい。そろそろ、頃合いかもしれません」

玄蔵が笑った。

「ならば案内を頼む」

俊平は稽古着を黒羽二重《くろはぶたえ》の着流しに着替えると、玄蔵とならんで屋敷を出た。

永代橋《えいたいばし》付近で猪牙《ちょき》を拾って、向島に向かって大川を遡《さかのぼ》る。

「ほれほれ、あそこにおりますでしょう」

と玄蔵が言うと、たしかに前方で、風次郎が両手を頭の後ろにまわし、土手の上で空を見上げている。

「いかにも、あいつらしい」

俊平は、半丁ほど手前で猪牙を降り、玄蔵を待たせて、ゆっくり風次郎に近づいていった。

俊平が近づいても、風次郎はじっと青空を見つめたままである。

俊平は、何食わぬようすで風次郎のすぐ横にごろりと寝ころがると、

「柳生先生、解けたよ」

風次郎が、俊平を見かえすこともなくぼそりと言った。

「そのようだな。これで、おぬしも師から独立できるな」

「おれは、永遠に宗順先生の弟子さ。だがおれは、おれの道を往《ゆ》く。おれは日ノ本一の将棋師を目指したい」

「それもよかろう。思うがままにやってみるがいい」

「おれは、たとえ伊藤家の養子に入っても、御三家の内でこそこそと生きていこうとは思わねえよ」

「御三家の内で、こそこそか。その意気だ。のびのびとやるがいい」

俊平は、風次郎に顔を向けた。

「柳生先生は、おれをわかってくれている。おれは、先生に出会えて嬉しいよ」

「私もさ。日ノ本一の将棋指しの誕生に立ち会えた。風次郎は、私の誇りだよ」

俊平が、ふたたび風次郎に笑顔を向けた。

「そんなこと言ってもらって、もし大橋宗桂さんにころりと敗けてしまったら、格好

悪いねえ」

風次郎が、笑いながら言う。

だが、言葉とは裏腹に、その声は自信に満ちている。

「もう、逃げまわるなよ」

「逃げねえ。伊藤家に帰るよ。だが、心配なことがひとつある」

「なんだ」

「変な奴に付け狙われている。伊茶さんに助けてもらったが、生きた心地がしなかった」

風次郎の声が、少し震えていた。よほど怖かったのだろう。

「聞いたよ。そいつに思い当たるふしはないか」

「ない。侍の世界のことは、さっぱりわからねえ」

「御三家の勝敗をめぐって、大名が大金を用意して、賭け事をしている。知っているか」

「ああ、話には聞いていますよ。だが、そんなことはおれの知ったことじゃねえ。いい迷惑だ」

風次郎が、憮然として言った。

「もちろんだ。だが、大名の賭け金は大きいぞ。何万両もの金が動く」

「御三家の勝負ともなりゃ、大したもんなんですかねえ。そりゃあ、侍たちも血眼《ちまなこ》になるか」

「さあ、帰ろう」

俊平が、風次郎を誘って立ち上がると、土手の上方に奇妙な風体《ふうてい》の男が一人立ち尽している。

総髪、白の一重の着流しで、髑髏《どくろ》の紋所。赤鞘《あかざや》の大刀を担いでいる。

にやにや笑っている。

妙な浪人であった。

鋭い眼光で、俊平を睨み据えている。

「おまえは――」

俊平が、男に近づいていった。

「名もねえ狼《おおかみ》だよ」

「頼まれたのか」

「ああ、まあな。そいつを、邪魔に思う連中たちがいるのさ」

浪人者は、顎で風次郎をしゃくった。

「誰に頼まれたのだ」

「正体は知らねえ。町のやくざ者から、百両で請け負った」

「百両か。それは大金だ」

「その男には、柳生がついている。命懸けの仕事になるから、覚悟して当たれ、と言われた。おまえが柳生俊平だな」

「そうか。それで、たったの百両なら、見くびられたものだな。どうする、やはり、やるか」

俊平は、風次郎を庇《かば》って土手の上で対峙すると、玄蔵が小走りに駆け寄ってきて、男を睨み据え、風次郎を猪牙舟に連れ去った。

「ちっ」

舌打ちして、男が風次郎の後を追った。

「待てい！」

俊平が、その後を駆ける。刺客は向き直り、いきなり颶風《ぐふう》のような速さで俊平に迫った。

俊平が、それを迎えて駆ける。

瞬く間に、間合い三間――。

左右からの激しい打ち込みを、上体を左右に払い分けてかわし、隙をついて袈裟《けさ》に撃ちかけていくが、相手もしたたかにそれを弾きかえして、後方へ飛ぶ。

土手の下を見下ろせば、玄蔵がすでに風次郎を猪牙舟へ乗せている。

「残念だな。今日は見逃してくれる。だが、次は必ずあ奴を亡き者とする。そして、お前のなまくら刀は、きっとへし折ってくれる。首を洗って待っておれ」

男はそう言い捨てると、ひらりと踵《きびす》をかえして大股に駆け去って行った。

「なかなかに出来る男だ」

俊平は、走り去る男を、真顔で見かえした。

五

「なんとも、艶《あで》やかなものだの」

俊平は、風次郎と多佳の祝言の席にどかりと腰を落として連れの立花貫長と語り合い、目を細めた。

風次郎の伊藤家への婿入りは、幕府の許可を得て執《と》り行われることになった。

実質的には、鬼灯長屋でともに暮らしはじめていた二人だけに、なにをいまさら、と言えなくはないが、将棋御三家を冠する家柄の婚儀となれば、体面上、かたちだけでも、それなりのものにしておかなければならない。

「風次郎は、九州から出て身寄りもない風来坊だからな。ここは、私が支えてやらねば」

と俊平が幾ばくかの出費を覚悟する。言えば、立花貫長も一柳頼邦も、

「我らにも、一枚かませてくれ」

と、支出を惜しまない。

というわけで、一万石同盟の三家も後援に回り、婚礼は古来の儀礼に則《のっと》った立派なものとなった。

屋敷の広間では、来客もあらかた席につき、祝言の儀式が厳粛《げんしゆく》に始まる。

床の間正面を背にして左に多佳が、右に風次郎が座している。

伝統的な婚礼の儀式には、待上臈《まちじようろう》という女人の付添人が必要だが、これにはお局方から綾乃が選ばれた。

他にお局館の女たち三人、常磐《ときわ》、志摩、三浦《みうら》が、酒を注ぐ女房役となる。

「なにやらわからぬが、妙に重々しいものとなったな」

貫長が、苦笑いして言えば、

「おい、これは大名の婚礼ではないか。二百石取りの旗本の家には、ちと重々しすぎるやもしれぬぞ」

一柳頼邦も言う。

「だが、私はこういう形式のものより知らぬのだ」

と、俊平は苦笑いして後ろ首を撫でた。

たしかに口出ししすぎたかと俊平も思ったが、伊藤家も伊藤家で、柳生家の助言ばかりは笑って聞いてしまう。

「それにしても美しい……」

頼邦が、前方の多佳に目を輝かせた。

多佳は、全身白装束、白の打掛姿である。

頭には被衣《かつぎ》という白小袖を被り、顔は隠している。

おごそかに、御膳が用意された。

一膳　塩　生姜《しょうが》　鯛《たい》のさしみ
二膳　海月《くらげ》　梅干し　三盃
ここで、三三九度の式が入り、
三膳　腸《わた》入り鯛

ふたたび、三三九度

ここまでが、式三献《しきさんこん》となる。

これ以後、夫婦だけの祝言の盃と膳

次に、いよいよ供応膳《きょうおうぜん》と呼ばれる本膳料理となる。

「俊平。風次郎のため、婚礼道具の費用まで出してやったのだろう」

「なに、大したことはしていない。わずかに、服や屏風《びょうぶ》、長持《ながもち》などを用意してやっただけだ」

「大したものではないか」

貫長が、目を見開いて言った。

「なに、貫長も頼邦も、あれこれ用意してやったのであろう」

俊平が言うと、貫長も頼邦もにこりと笑った。

「風次郎も幸せ者よ。それだけのことをしてもらえる将棋指しなど、日ノ本じゅう探してもまずおるまい」

貫長があらためて言うと、

「なに、奴もこれから御三家の一翼を担う将棋師になるのだ。それぐらいの用意はしてやらねばの」

「柳生俊平も、男でござるというわけか」

そう言って貫長が笑って盃を摑めば、続々と来客がつめかけてくる。

「武家もずいぶん来ておるの」

一柳頼邦が甲高い声で周囲をうかがった。

俊平の知った顔も見える。

鬼灯長屋を訪ねてきた将棋好きの仙台藩藩士、川島庄右衛門である。

上司らしい恰幅《かっぷく》のよい武士を二人連れており、満面の愛想笑いを浮かべている。

他に、紋付姿の武士が数人見える。

「あれは、お広敷役人らだ」

立花貫長が鋭い眼になって言った。

「伊藤殿の話では、ああした連中にまで話を通さねばならぬのだそうだ。将棋師も大変なものだ」

俊平が、城中で聞いた話を披露した。

「そうか」

貫長が頷いて玄関に通じる廊下に目をやれば、賑やかに三人の女人が訪ねてきた。

見れば、先頭の女は吉野である。

「ほう、ほかのお局さま方も、大勢婚礼に列席するのか」

「手伝いに来てくれると言っていた。これは、ますます賑やかな宴となるな」

一柳頼邦が料理の箸《はし》を摑んで唸った。

「あの武士は――」

一柳頼邦が、顎で前方の人物を指した。

三人の若い門弟を従えて現れたのは、大橋家の大橋宗桂らしい。

伊藤宗看に親しげに話しかけている。大橋は、風次郎に近づいて肩を摑み、よろしく頼むと言っている。態度が大きく、無理に威厳をつくっているようにも見えた。

門人らしい三人は、低く頭を下げた。

「あちらもだ」

一柳頼邦が、別の方向からやってきた黒紋付の男たちを指さして言った。

こちらは細面の男で、唇があつく、顎が長い。将棋指しらしい。

「大橋分家の者たちだろう。門人を連れているところを見ると、当主かもしれぬな」

「あれは、大橋分家の四代大橋宗与《そうよ》殿であろうな。ああして三家が親しく交流し、将棋所を支えているのであろう」

俊平が、うなずいて盃を取った。

と、三郷《みさと》が近づいてきて、

「まあ、柳生さま」

ひどく嬉しそうな表情で、再会を喜んだ。

「そなた、渡し舟の船頭と所帯を持ったのであったが、今日は、どうしたのだ」

「いえ、その後も、お局館でお稽古ごとのお師匠さまはつづけておりますよ。あそこでいただくお月謝は、やはり有り難いものでございますから」

「はは、しっかりしておるの」

俊平は、そう言って三郷を励ます。

「それにしても、将棋の御三家ともなれば、たいそうな羽振りでございます。私の時とは雲泥の差」

ちょっと、悲しげに三郷が言った。

「なに、人はそれぞれの立場で生活しておる。みな、微笑ましいものだ。私はそなたの祝言にも顔を出したが、親しき者たちが大勢集まって、あれはあれで素晴らしかったぞ」

「たしかに、そうでございますね。今度のお客様はなんだが、恐い顔のお武家さまがたくさん。ちと、堅苦しいところもございます」

三郷が言えば、

「俊平。風次郎の背後にそなたがいることが、気になるのではないか」

頼邦が、いかめしい顔の侍たちを見回しながら、割って入った。

「はて、そうかもしれぬ。だが、私はなにもしておらぬぞ。むろん、将棋の駒や盤に細工したわけでもない。今日はただ、風次郎が、伊藤家の娘と夫婦になるだけのことではないか」

俊平が、苦笑いして言う。みながうなずく。

婚儀は順調にすすみ、風次郎は義兄の宗看に連れられて、先祖の霊に参るため、屋敷奥に消えていった。

同じく奥に消えた多佳が、お色直しをしてもどってくる。

装束は、赤の色打掛に変わっている。よい香りが漂うのは、香を焚《た》き込めてあるからだろう。

伊藤家の主人の伊藤宗看が俊平のところに現れて、深々と挨拶をした。

「うむ」

俊平はあらためて部屋を見まわした。

さきほどの仙台藩の重臣らしき者たちの他にも、いつの間にか、大身の侍が増えている。

幕府から数名と、他に島津、浅野両家の藩士らしい紋服姿の浅葱裏《あきぎうら》が座している。そうした侍たちが上座にずらりと並んだせいか、風次郎もいくぶん蒼ざめた顔で、表情を固くしている。

「俊平、あちらにいる侍が、そなたの顔をちらちらと見ておるぞ」

立花貫長が言った。

なるほど、大藩の重臣らしき恰幅のいい侍が、俊平をじっと睨み据えては、仲間と額を寄せてひそひそ話し込んででいる。

目を移せば、もう一方の一団も、こちらのようすが気になるのか、密談を始めていた。

俊平は、それらの武士の視線を知らぬ顔でかわし、

「風次郎の一件、どうやらそなたの望むとおりの決着となってよかったの」

と、歩み寄ってきた伊藤宗看に言った。

「柳生様の影ながらのご尽力の賜物《たまもの》、と感謝しております」

「なに、私はなにもしておらぬよ。風次郎が、すべて自分で判断したことだ」

俊平は、朱の盃を手にとったまま言った。

「とは申せ、風次郎をそっと護《まも》ってくださり、さらに得体の知れぬ刺客らしき男まで、撃退されたとのこと」

「まあ私には、それくらいのことしかできぬ。それにしても、くれぐれも刺客には気をつけたほうがよろしいぞ。風次郎を目の上の瘤《こぶ》と思う者たちも多い」

「それは、実感しております」

宗看がそう言って、ふっと肩を落としてから、

「先日も、ひと悶着《もんちゃく》ございました」

と言った。

宗看によれば、このたびの風次郎の養子縁組には、幕閣から強く横槍が入ったという。

「それは、老中首座の松平乗邑殿のことか——？」

「さようにございます。ご老中は、伊藤家が有利になれば、賭け将棋のうま味が薄れ、胴元であるご自身の得にならぬ、と思われたのでしょう」

「さもありなん」

横で立花貫長が顔を歪めた。

「松平乗邑様については、他のご老中にはたらきかけ、なんとか動きを食い止めてい

ただきました。他に、お広敷役人の田畑甚九郎《たばたじんくろう》様も、こたびの婚儀を取りやめるよう、しきりに大橋家へはたらきかけたそうにございます」

「よく、そうした動きを跳ねかえしたの」

「それはもう、大橋宗桂は私の弟でございますゆえ。私どもも、将棋御三家を守るのに懸命でございます。大橋本家、大橋分家とも、御三家の衰弱は、御城将棋の終焉《しゅうえん》につながると理解しておりまする」

「それにしても、よくあの松平乗邑殿を止めたな。将棋御三家の政治力も、大したものだ」

立花貫長が、盃を置いて大喜びした。

「しばらくは、松平乗邑様もお静かになされましょうが、あのお方は薩摩藩と親しく、伊藤家の我らに愛想がよくございません」

「そうか。胴元は公平でなければならぬのにな」

俊平が、一柳頼邦に笑いかけた。

「昨夜は風次郎に、我が家に口伝《くでん》として伝わる手のいくつかを伝えました。風次郎は、さらに強くなりましょう」

伊藤宗看が、顔をほころばせた。

「やはり、口伝の技というものがござるか」

「あえて申すほどのものでもござりませぬが、将棋の家を代々守っておりますと、ちょっとした技も、いくつか溜まってまいります」

「そうか、さすが御三家よの」

と、玄関あたりが騒めいて、段兵衛と伊茶が、天野宗順をひき連れ、姿を現した。

宗順は、いやそうに二人の後に付いてくる。

三人は、俊平の姿を見つけ三人の大名の隣に並んだ。

「いや、いや。俊平、遅れてすまぬ」

段兵衛が言った。

「この宗順殿が、わしは婚礼には断じて出席せぬ、などと申されての」

「はは、そのお気持ち、わからぬではないが」

俊平が、天野宗順に笑いかけた。

「いやな、わしは子供のように駄々《だだ》をこねておるわけではない。養子に入る、入らぬは、風次郎の問題だ。将棋御三家に入って、日ノ本一を目指すのもよかろう。だが、わしはわしだ。わしは、あくまでこの宗看殿と五分の対局をした在野の将棋指しだ。それゆえ私は、この婚礼の儀は、遠慮したいと申した」

「まあ、そうおっしゃらず、宗順殿。対局したとはいえ、同じ将棋好き同士。敵ではございませぬぞ。それに、風次郎があなたの大切なお弟子であることは、これからも変わりませぬ。どうか、足繁《あししげ》く当家に足を向けてくださりませ」

伊藤宗看は、宗順の手を取って微笑みかけた。

「されば、たまに来よう。しかし、わしの見るところ、いかに風次郎を迎えたとはいえ、これからの御三家の行く末は多難であろうよ」

宗順が言えば、伊藤宗看も否定できない。

「そうでございましょう。風次郎のような優れた将棋指しを養子に迎えたことは、我らの幸運であるとはいえ、もとは伊藤家と縁もゆかりもない者。これからこの家に入って、当家の家風に溶け込んでもらえるかどうかは定かではありません。それに、この養子縁組はいささか強引な策でござる。上様がどこまでお許しになられるか、それもわかりません」

「なに、上様は、御三家を廃止しようとはお考えになってはおられぬはず。ご安心めされよ」

俊平は、強くうなずいてみせた。

「そうであれば、よろしいのですが……」

「なに、御三家はこうして外からの風を入れて、さらに強靭《きょうじん》になっていくはず。大丈夫だ」

段兵衛が言った。

「ただ、しばらくは、あまり突出せぬほうがよいかもしれぬな」

立花貫長が言った。

一柳頼邦もうなずく。

「そのことで、ご老中松平乗邑様からも責められました。風次郎を、将棋御三家に組み入れるのは、邪道だと——」

「はは、邪道か……」

俊平が顔を歪めて笑った。

「なに、邪道も押し通せば、いつか正道にもなる。世の習いなど、たいがいそんなものですよ」

俊平が言えば、伊藤宗看も笑った。

「そうであれば、よろしいのですが……」

「なに、そうだよ、きっと」

貫長もそう言うのを聞いて、俊平がもういちど、正面の金屏風の前の風次郎に目をやると、なにやら不安そうな顔をこちらに向け、やがて小さく微笑んだ。

第四章　大藩の蠢《うごめ》き

一

「長崎《ながさき》奉行《ぶぎょう》窪田《くぼた》忠任《ただとう》の話では、南蛮諸国には、将棋とよく似た盤の遊びがあるそうだ。時に、王侯貴族は人を配し、駒のように並べて動かすこともあるという」

将軍吉宗が次の一手を考えながら、ふと駒を持つ手を休め、遠い異国の話を俊平に披露した。

「駒のごとく、人が動く。なんとも、気宇壮大《きうそうだい》な話でございますな」

俊平にとっても初耳の話で、どのような装束なのか、駒侍の表情すらも想像できない。

「それを、居並ぶ諸公や貴婦人が、観戦して愉しむ趣向なのだという」

ひょっとすると、吉宗はそれを、日ノ本の将棋の対局でも試してみたいのではないか。俊平は、そんな想像を膨らませた。

「城内の内庭でそれを行えば、前代未聞《ぜんだいみもん》。なんとも面白そうでございますな」

「そう思うか。今や城内は将棋人気に沸《わ》きかえっておる。きっとみなも喜ぼう」

「格好の気晴らしになろうかと存じまする」

「うむ、たしかに面白そうじゃが、反面、賭け事に熱狂する者どもを煽《あお》り立てるのではないかと、そちらもちと心配じゃが……」

吉宗は、ちょっと難しい顔をして、

「そち、どう思う」

「ま、多少のこと、いたしかたないとは思いまする」

「うむ」

吉宗は、ふと安堵の吐息を漏らした。

「勝負ごとに賭けは、付き物のように思うが」

「度の過ぎるものは、取り締まらねばなりませぬが」

「そうじゃな。賭け将棋の上前を撥ねる知恵者どもだけは、すこし抑えねばなるまいな」

「はい」

俊平は、どうやら話が本題に入ってきたと見て、駒を置き、吉宗を見かえした。

「将棋賭博については、そち、もうだいぶ摑んでおるようじゃな」

「まだまだにございますが、こうした世界では、巧《たく》みに動いて利を得る者が、必ず出るものと痛感いたしました」

「そうか、それが世の常か。して、こたびはどのような者が蠢いておる」

吉宗はふと、悪戯《いたずら》半分の笑顔をつくって、俊平に尋ねた。

「まず。渦中《かちゅう》にあるのは、やはり伊藤家でございます」

「伊藤家が、一歩抜けておるそうじゃな」

「いえ、そうではなく……」

俊平は、そう言って言葉を呑んだ。

「ほう、どうした」

「すでに申し上げましたとおり、伊藤家の当主伊藤宗看殿は病いを得て伏せがちにて、対戦初動は気迫がござりますが残念ながら体力がつづきません」

「うむ、その話は聞いた。されば、今は混戦模様か」

「はい、ただそれだけに、勝負の行方がさだまらず、賭けに狂った諸大名家も商人も、ひどく焦っておるようにございます」

「困ったものよの。諸大名は、江戸留守居役を通して知り得たことを交換し合い、それにて勝敗を判断しておると聞いたが」

「はい。島津家を中心とする一味、浅野家を中心とする一味、さらには伊達家を中心とする一味が、それぞれに贔屓とする御三家を支持し睨みあっております」

「そのことよ。老中首座松平乗邑の話を聞いてみると、これも遊びのひとつゆえ。目くじら立てることもありますまいと申しておった。だが、どうしたものか。たしかに勝ち負けのはっきりしたこうした勝負ごとには、賭けは付きものとも思う。しかし、あまりに目に余るものは、やはり見逃すこともできぬ」

「いかがいたしまする」

　俊平は真っ直ぐに吉宗を見かえし、返答を待った。

「賭けを全面的に中止するわけにもいかぬが、大金を賭けさせるわけにはいかぬ」

「さは、さりながら、掛け金の額についてはつまびらかにされておらず、胴元のみの知るところ」

「そうじゃな。おそらく額を告げよと申さば、少額にすぎぬと申し立てよう。まあ、幕府の腹が痛むわけではないから、放っておいてもよいが、諸藩の財政が破綻せねば

する」

「まことに。賭けに熱くなるばかりに、諸藩の政が疎《おろそ》かになるのも困りものと存じまする」

「ふむ。そのことよ」

吉宗は、言って頭に手を当てた。

「いまひとつは、在野の将棋指し風次郎なる者のことにございます」

「その者が、どういたした」

「諸藩の反対勢力は、風次郎の突出した実力を目の上の瘤《こぶ》として、命さえ付け狙うかに見えまする」

「それは、いかぬの。風次郎は、すでに伊藤家の正式の養子として幕府に届け出たと聞く。されば、すでに幕府の旗本であろう。幕府旗本に危害を加えるとなると、反逆罪となろう。断じて許されるべきことではない」

「まことにそのこと、厳しく取り締まることといたしまする」

俊平は、座をあらため、丁寧に平伏した。

「それはそうと……」

吉宗は、手にした持ち駒を駒台に戻し、

「それにしても、諸大名の熱気が伝わってくるの」

と表情を変えた。

「こたび、余は、南蛮諸国の例にならい、人間将棋なるものを取り入れてみることにする」

「はて、人間将棋、でござりますか」

俊平は、驚いて吉宗を見かえした。

「うむ。本丸内庭に巨大な将棋盤を模した陣を組み、大名諸公をその陣に配置して、対局のとおりに動いてもらう」

「なんとも、気宇壮大な話でござりますな」

俊平が、唸った。

話を聞くだけで、わくわくしてくる。

「それゆえ、滞りなく対局が進むよう、そちにも万全の体制で御三家を警護して欲しい。よいな」

吉宗はそう言って得意気に腕を組み、にやりと笑って俊平を見かえすのであった。

「それがしも、そのように感じております」

「じゃが、伊藤家も、ちと乱暴だの。在野の将棋師を招き寄せ、養子縁組で家を継がせ、御三家としての体面をつくろうなどとは」

「そのこと、それがしも、ちと心配しておりますが……」

そう言って、俊平は吉宗の顔をうかがう。

吉宗が、将棋所の御三家体制に批判的になるのは、できれば避けたかった。

だが、行き過ぎがあれば、どうしても思うところが言葉になってしまう。

「たしかに余も、将棋は三度の飯も忘れるくらいに好きじゃ。しかし、大名衆が賭博に明け暮れ、御三家が体面を取り繕うばかりになるのでは、いかがなものかの。行き過ぎを正さねばならぬ」

「さようにございます、ただ……」

「なんじゃ、俊平」

俊平を見る吉宗の眼が瞬いた。

「将棋人気を抑えることになってしまわぬようになされませ。将棋御三家の家元制度に手を加えるのも、慎重になさらねばなりませぬ。将棋は今や、侍から町民まで日ノ本じゅうで愛される娯楽。幕府が強く規制をかけてしまっては、この国のよき文化が損なわれます」

「いや、何もそこまでのことは考えておらぬが……」

吉宗は、また考え込んだ。

「しばし、ようすをご覧なされませ。それがしも、手を打ちまする」

「そうか、そちがの」

吉宗は、俊平に大きくうなずいた。

「ところで、その男、風次郎と申したな」

「はい」

「それほどに、強いか」

「まこと、強うございます。私など、相手にもなりません」

「そち、戦ってみたのか」

「遠慮いたしました……」

「そうか。だが余はぜひ対局してみたい」

吉宗が、勝気なところを見せる。

「されば、お城にお呼び寄せになりますか」

「面白いが、さて」

吉宗は考えてから、

「いや。今は、やめておこう」

吉宗は、肩を落とした。

「将軍が弱くては、体面が保てぬでの」

「なるほど、それもそうでございますな」

俊平は、そう言って笑った。

「それにしても、家元制度、ちとほころびが見えてきたか」

吉宗が、ぼつりと言った。

「いささか。されど風次郎が、伊藤家に上手く納まることができれば、難局も乗り切れましょう」

「風次郎の命を狙う刺客どものこと、俊平、なんとかしてくれぬか」

「むろんのこと。それこそ、私めのお役目。なんとしても、風次郎は護ってご覧に入れましょう」

「とまれ、こたびの御三家の対局、まことに血が滾《たぎ》るわ」

吉宗はそう言って、また目を盤面にもどした。

俊平が小さく微笑んだ。

「おっ、いつの間にか、余が不利になってきておる」

吉宗が、驚いたように声を上げた。

「はて。さほどとも思えませぬが……」

「いやいや、立場が悪うなったようじゃ。余はやはり弱い。ちと、修業し直さねばならぬな」

「されば、御三家の家元どもを呼び寄せ、特別にお稽古をなされますか」

俊平が、吉宗に笑みを向けた。

「それもよいが、余の師はあくまで俊平、そなたじゃ」

「それがしが師など、剣術だけのこと。滅相《めっそう》もないことにございます」

吉宗は、じっと俊平を見つめてからまた、ふと笑い、

「はて、御三家の扱い、どうしたものかの……」

ぼそりと呟くのであった。

二

風次郎が、大橋本家の歓待を受け、柳生藩邸にもどってきたのは、俊平が城中で吉宗と数局を愉しんでから、五日後のことであった。

俊平は、刺客の襲撃を避けるべく、風次郎を説き伏せ、しばらく柳生藩邸で寝起き

させることにしている。

その日、呂律《ろれつ》がまわらぬほど酔《よ》い痴《し》れた風次郎は、藩邸にもどるなり、そのまま高鼾《たかいびき》で寝入ってしまった。

翌日になって、昼近くに起き出してきた風次郎は、伊茶の用意した昼餉《ひるげ》を俊平と並んで機嫌よく食べながら、

「昨夜は、お恥ずかしい醜態をお見せしました。じつは、大橋家でとんでもない歓待を受けてしまいました」

と言って、頭を掻いた。

「とんでもない歓待とは、いったいどのようなものだ」

俊平が伊茶と顔を見あわせ、笑って風次郎に尋ねた。

「そりゃあ、もう、まるで料理茶屋のような品数で、しかも、なんとも手の込んだ料理ばかりで」

「ほう、それは大橋家も大盤《おおばん》振《ぶ》る舞《ま》いだな」

「ただ、あれは、大橋家で作ったものとは思えませぬ。どこぞの料理茶屋に頼んで作らせたものではないでしょうか」

風次郎が、小首を傾げて言う。

「そうであれば、たいそうな歓待ぶりだな」

「おかげで、長居をしてしまいました。大橋家の方々の申しますには、大橋家には伊藤家の人間が大勢入っており、私は身内同然とのこと」

「そうか。だが初めからそのように、うちとけていたわけでもあるまい」

「たしかに、そうではございませんでした。初めのうちは、門弟たちも冷やかな眼差しで、ずいぶん無遠慮に私を見ておりました」

「はは、やはりそうか。それが、そなたの人柄もわかって、しだいに穏やかになったというわけだな」

「そういうことで」

風次郎は、機嫌よさそうに伊茶の昼餉を頬ばる。

「それで、大橋家では対局もしたのか」

「しました」

「どうであった」

「それはもう、言うまでもないことで。負ける気など、初めからしませんでしたが、やはり」

「そうであろうな……」

俊平は、笑ってうなずいた。

「で、何人の門弟と戦った」

「さあ、門弟たちとは一局しかやりませんでしたが、結局六対一だった」

「六対一……、それはどういうことだ」

俊平が訝《いぶか》しげに問いかえした。

「相手が束になってかかってきたのです。なにしろ、相談しながら打ってくるんですから」

「まあ、呆《あき》れたこと」

隣で話を聞いていた伊茶が、顔を伏せて笑った。

「それでは、もはや対局ではないの」

俊平も、呆れたものだと笑った。

「それでも、相手は勝てぬのか」

「あれでは、勝てるわけがありません。意見がまとまらないのですから」

「それは、そうだ」

俊平は、また伊茶と顔を見あわせて笑った。

「そこで、次は大橋宗桂殿が出て来て、対局となりました」

「ほう、どちらが勝った」

「それも、私が勝ちましたよ」

風次郎が得意気に言った。

「やはり、相手にならなかったのか」

「もちろんご当主だから、門弟よりは強いですが。しかし伊藤家の宗看さまに比べれば、ずいぶんと弱い」

「そうか……」

俊平は笑った。

「その対局の後で、先方もがらりと敵意が消えて、歓待気分になりまして。酔いつぶれるまで、酒を飲まされました」

「それは、まあよかったな」

俊平は、腕を組んでうなずいた。

御三家のもう一角、大橋本家と風次郎がうまくやったことを、まずは素直に喜んでやりたかった。

「まあ、なんだかよくわかりません」

風次郎が言った。

「で、何か話があったか」

「最後には、ずんぶんと愚痴《ぐち》を聞かされました」

「愚痴――？」

「柳生先生」

風次郎が、真顔になって俊平に向き直った。

「なんだ？」

「先生と上様が、将棋盤をはさんで語り合っていたことが、城中では、ずいぶん噂になっているそうですよ」

「それは、どういうことだ――？」

俊平は、怪訝そうに風次郎に問い直した。

「御三家は、ずんぶん弱くなったと城中で噂になっているらしい。もしかしたら、将棋御三家の家元制度も危ういのではと」

「上様は、そこまでは申しておられぬ。だが、上様はそなたの将棋に、大いに興味を持っておられたぞ。対局してみたいともな」

「へえ、上様がおれと対局でございますか。それは、すごく光栄なことで」

風次郎は、そんなこともあるのかと、目を丸くした。

「だが、御三家を潰すなどという話は出ておらぬぞ」

「でも、その時に話し合われたことが、大橋本家では、ずいぶん問題になっていた」

「はて、ちと大仰なことだな」

俊平は、そう言って頭を掻いた。

「考えてみれば、将棋御三家にはもはや強い者がいなくなりました」

風次郎がぼそりと言った。

「まあな。御三家といえど、これまでは、伊藤宗看殿の強さが傑出していたそうだからな」

「私のような在野の将棋指しを養子にとってまで、家元制度を維持しようとするのは、妙なことと言えば妙なことです。将棋所の家元制度は、もう終わりにしてもよいのではないか、という声が出ないものか、大橋殿は気を揉んでおられるのです」

「上様がどうお考えになるかはともかく、たしかにそういう声が出てもおかしくはないな」

俊平が、渋い顔をした。

「そんな噂話が、小姓《こしょう》を介して、お城坊主の間に広がり、大橋殿の耳に入ったらしいのです」

「だが、その話には誇張があるぞ。上様は将棋好きなお方だ。だから、御三家の家元制度をすぐおやめになるとは、私には到底思えぬ」

「柳生先生はそう申されますが、大橋殿は深刻でした。伊藤宗看殿も、じつはそれを悩んでおられるという話です」

風次郎が昼餉の箸を置いた。

「それは、やはり心配のしすぎだ。上様の関心は、むしろ諸大名や大奥のお局方が、賭け事に血眼になっていることだよ。顔をしかめておられた」

「それなら、いいのですが……」

風次郎は、わずかに憂い顔を崩した。

「風次郎。そうした話を聞けば、また御三家の御城将棋が嫌になったりはせぬであろうの」

「いや、おれはもう、逃げねえよ。おれは、れっきとした多佳の夫だ。立派な婚儀まで挙げてもらった。今や、おれの将棋こそ、伊藤家の将棋なのさ」

「そうか、その意気だ」

さらに自信を深めているらしい風次郎に、俊平は頼もしさを覚えた。

「ただ、おれが強すぎるのも困るらしい」

風次郎が、また憂い顔にもどった。

「そうだな。たしかにおまえが強すぎると、御三家の将棋の影が、薄くなるかもしれぬからの。それに、賭け将棋の行方が見えすぎては、賭けにもならぬ」

「上様も、家元を護る気がなくなるのではありますまいか」

「さて、それはな」

俊平は、伊茶と顔を見あわせた。

遠い先かもしれないが、なくはない、と俊平も思う。

「とまれ、柳生家のお屋敷に匿《かくま》ってもらうわけにもいきません。おれも、伊藤家に帰るとしますよ」

「だが、危ないぞ、風次郎。もう少し、じっとしておれ」

俊平が、あわてて制止した。

「しかたねえさ」

「そなた、怖くはないのか」

「そりゃ、怖い。伊藤家に籠もって、外には出ねえようにします。任せておいてくださせえ」

風次郎は言って胸をたたいた。

「されば、そういたせ」

そんな話を風次郎と交わしていると、どかどかと廊下に荒い足音がして、稽古を終えた段兵衛が、汗を拭き拭き部屋に入ってきた。

「おお、ちょうどよいところに現れたな、段兵衛。風次郎が、伊藤家にもどりたいと申している。だが、ちと心配だ。送ってやってくれぬか」

「容易いことだ」

段兵衛は、二つ返事である。

「ついでに、時々、伊藤家に顔を出してやってはくれぬか。なにかと、風次郎を、目《め》障《ざわ》りに思う藩もあるようだ」

「それは、危ないの。命を狙う荒っぽい藩も出て来ておる」

段兵衛が、任せておけ、と風次郎の肩をたたいた。

「すまねえ」

「なに、どんな奴が現れても、おれがしっかり護ってやるさ」

段兵衛はそう言うと、風次郎とともに外出の支度をととのえ、足早に藩邸を出ていった。

その日も夕刻になって、段兵衛がひとり蒼ざめた顔で藩邸にもどってきた。

「どうしたのだ、段兵衛、なにがあった」

「風次郎の姿が消えたのだ」

段兵衛が茫然とした顔で言う。

「伊藤家にもどったのではなかったのか」

「もどったにはもどったが」

段兵衛は、柳生家藩主の間《ま》に、どかりと座り込んだ。

「いやいや、いろいろとあっての」

段兵衛の話では、伊藤家にもどった風次郎は、七段という強面《こわもて》の門弟と、飛車落ちで将棋を愉しんでから、なにやらしばらく宗看と話し込んでいたという。すると、いきなり憤慨《ふんがい》して部屋を飛び出し、

「もう、伊藤家になどもどらぬ」

と叫び、声を震わせたと言う。

話を聞いてみると、風次郎が怒りだすのも、無理はないと言えた。

宗看から風次郎は、次の御城将棋で、こたびだけでいい、負けてはくれぬかと懇願《こんがん》されたという。

俊平も、さすがに怒りを露《あら》わにした。

「奴だけがず抜けて強いとなれば、もはや御三家の優位が失われると、三家で話し合ったのだという」


「そのような……」

俊平は、唖然として段兵衛を見かえした。

だが、考えてみれば、御三家の面々がそう考えるのも、あながち無理からぬところはある。

たとえ養子に入ったとはいえ、風次郎が九州の在野の将棋指しで、伊藤家の後継者不足から、無理やり養子縁組したことは誰もが知っている。

むろん、吉宗の耳にも届いている。

百年にわたって守られてきた将棋御三家の家元制度が、今や形骸化し、在野から人を呼び込まねばならない事態にまで陥《おちい》っていると批判されても、いたしかたないだろう。

だから、初戦では風次郎が敗けてやり、目立たぬようにさせたいらしい。

「それで、風次郎はどうした」

「そのようなことはできぬ、とつっぱねて、長屋にもどると伊藤家を出て行った」

「そうか、まあ、風次郎にとってはそのとおりだろう。それで、養子縁組も解消ということか」

「そう、なろうの」

段兵衛も、顔を歪めて顎を撫でた。

「風次郎は、多佳どのと離縁する気なのだろうか」

「さあな。おそらく多佳どのは風次郎に付いていこう。あのひとは、そういう女だ」

「そうか」

俊平は、ひと安堵した。せめて二人の夫婦関係までは、壊れてほしくない。

幕府には、すでに養子縁組の届けは出され、風次郎には伊藤姓を与えられると決していた。だが、それも公にされぬまま、幻となろう。

「わしは、風次郎を追って、鬼灯長屋にもどってみた」

段兵衛が言った。

「風次郎は、長屋にいたか」

「いた。だが、風次郎の長屋にいるはずの師の宗順の姿は見えず、仙台藩邸におると、宗順の書き置きが残されていた」

「そうか。で、風次郎はどうした」

「まだずっと怒っていたが、未練はあるのだろう。このことを、師とも相談してみると言っておった」

「養子縁組を破棄して伊藤家を去るか、あるいは去らぬか、だな……」

俊平は、風次郎の今までの振るまいを思い出した。

「あ奴は、あれで女房思いだ。一度伊藤家に入った以上、伊藤家のために働こうと思っているところも、まだ残っていると見た」

俊平が段兵衛に言った。

「ならば、負けてやってもよいと考えているのか」

「さあ、そこまでの決心はあるまい。奴にも誇りがある。到底そこまで考えられぬであろうよ。それで、風次郎はそれからどうしたのだ」

「まずは、仙台藩にいるはずの師に会って、どうしたらよいか相談するつもりだろう」

段兵衛が言った。

「うむ、そうかもしれぬ。師にさとされて、伊藤家にもどるかもしれぬ。根は、優しい男なのだろうよ。いったん伊藤家の人間になった。伊藤家には、心底頼りにされている。門弟とも、よく馴染んでいた。尊敬もされていた。だから、伊藤家のために力を貸してやりたいところもあろう」

俊平は段兵衛にうなずいた。

「だが、いかさまだけはやりたくないはずだ。奴の誇りにかけてな。ところでそれにしても、伊藤家は、困ったことを提案してきたものだ」

「ところで俊平、上様は御三家が衰えたので、家元制度は廃止するとお考えなのか」

「いや、そこまでのことは言っておられん。当面私は、それはあるまいと見ている。なにより、上様も将棋好きなのだ」

「そうであろうな」

「しかし、伊藤宗看殿は在野からきた風次郎には、しばらく大人しくしていてほしい、と考えたのであろうな。それはそれで、わからなくはないが、ちと考えすぎと思う」

「して、風次郎はどうしたのだ」

俊平が、あらためて尋ねた。

「その後、長屋に仙台藩の命《めい》を受けたという商人が訪ねてきてな。仙台藩出入りの者で、先生は蔵屋敷にいらっしゃるという。よろしければ、お連れしますという」

「それで、風次郎はその者に付いていったのだな」

「それは、断った」

「ほう」

「しばらく、また一人で考えていた」

「仙台藩などと、接触したくないのだろう」

「そのうちわしは眠くなってきた。ごろりと大の字になって眠り、目を覚ました時には、風次郎は消えていた。わしの不覚だ」

段兵衛が悔しげに言った。

「なに、おぬしが悪いわけではない。警護役とて、気を張ってばかりはおられまい」

「そう言ってもらえれば嬉しいが、風次郎が消えて、もどって来ぬのは、やはり気になる」

「命が狙われているのは確かだ。なんとかせねばならぬな」

「師の宗順殿を、追っていったのだろうと思うが」

「ひとまず、その伊達の蔵屋敷も当たってみねばならぬな」

「だが、風次郎は蔵屋敷がどこにあるかも知るまい」

段兵衛が首を傾げた。

「とまれ、宗順殿の置き手紙があった以上、まずは蔵屋敷に行ってみよう。猪牙舟の船頭に聞けば、風次郎も教えてもらえただろう」

「そうだな」

俊平と段兵衛は、装いを改め、藩邸を出た。

すぐに仙台藩の蔵屋敷に直行しようと思ったが、もしや長屋にもどっているかもしれないと思い、念のため鬼灯長屋にもどってみる。

しばらく休んでいると、長屋の腰高障子に人影が映った。

「誰だ」

「私です」

段兵衛が声をかければ、影の主はどうやら女である。

乾いた音を立てて腰高障子が開いて、姿を現したのは多佳であった。

急ぎ駆けてきたのだろう。草履《ぞうり》の鼻緒《はなお》が切れかけている。泣きそうな表情であった。

「そなたも、風次郎を追ってきたか」

「もちろんです。あたしは、どこまでも風次郎さんと一緒です。夫婦なんですから」

「それは、むろんのこと」

俊平が、段兵衛と顔を見あわせうなずく。

「あの人が、伊藤家を去るというのなら、私だって去ります。そのことを風次郎さんにも伝えたいんです」

「そうか。その覚悟であれば、きっと風次郎も喜ぼう」

「それにしても、あの人は冷たい人。私を置いて、一人で伊藤家を飛び出していったんだから」

そこまで言って、多佳はわっと泣きだした。

「泣くな、多佳。風次郎は、ただ、動転していただけだよ。頭を冷やせば、そなたのことも思い出す」

段兵衛が、多佳の肩を取って慰めた。

「それにしても、風次郎さんは何処に消えたんでしょう――」

多佳にも、心当たりはないらしい。

「さっき松乃湯に行ってみたんですが、姿がありませんでした」

「師匠の置き手紙にあった。仙台藩の蔵屋敷におるのではないか」

俊平が言った。

「風次郎は、まず師匠に相談したいだろう」

段兵衛が言い添えた。

「風次郎さん、迷っているのかも。結局一人でいるかもしれません」

多佳が、夫の行動を察した。

「とまれ、仙台藩蔵屋敷を訪ねてみよう」

段兵衛が、二人に語りかけた。

身軽な格好で夕闇の迫る両国橋《りょうごくばし》に出た。

仕事を終え町に繰り出す町人で付近は活況《かっきょう》だ。その人混みでは、とても風次郎を探すどころの話ではない。

「とまれ、蔵屋敷を訪ねてみるしかあるまい」

「そうだな」

段兵衛も、辺りをぐるりと見まわして言う。

猪牙を拾い、仙台藩の蔵屋敷近くまで行ってくれ、と船頭に命じると、

「へい」

と船頭は気楽に応じたものの、蔵屋敷に船を向けたことなどないらしく、

「いったい、どこに着けたらいいんでしょうかねえ」

と首をかしげた。

それでも、深川の蔵屋敷まで舳先《へさき》を向けると、大川の水面は、遊興で繰り出してきた屋根船で、目を奪われるほどの賑わいである。

猪牙舟で探るように大川を下れば、川縁に停泊する幾つかの屋根船が見えた。

そのなかに、ひとり船縁に腰をかけ、ぼんやりと風景を眺めている男の姿がある。

「ああ、あの人、風次郎さんではないでしょうか」

多佳が言った。

「なに」

目を凝《こ》らせば、なるほど、その横顔が風次郎に似ていなくもない。

舟を近づけて見れば、その男が風次郎であることがかなりはっきりしてくる。

「それにしても、よく見つかったものだな。船頭、あの船にもっと近づくことはできぬか」

俊平が船頭に命じれば、舟は音もなく水面を滑り、さらに風次郎の乗った屋根船に近づいていった。

「やっぱり、風次郎さんです」

多佳が、声を潜めた。

「だが、あのようなところで、奴は何をしているのか」

段兵衛が目を皿のように見開いて言った。

「ぼんやりと、何かを考えているようだ」

俊平が夜目を凝らして、

「ほう、先日の詰将棋を考えている時より、はるかに深刻な表情だ」

俊平が笑う。

三人の乗った猪牙舟は、夜陰に紛れ、音もなく風次郎の船にさらに近づいていった。

「おい、風次郎――」

俊平が声をかけた。

風次郎が、ふとこちらを向いて慌てた。

「あっ」

「どうしたのだ、このようなところで」

「そんなの、勝手だろう」

風次郎が怒ったようだった。

「連れもどしにきたのではない。伊藤家を離れたいのなら、それもよいのだ。ただ、多佳どのは、そなたと夫婦なのであろう。離れるでない」

俊平が、声を高めた。

「わかっている。だがおれは今、ひとりで考えたいのだ」

風次郎は船頭に命じ、三人の乗った猪牙舟から、必死で離れようと急ぎ船を出させた。

「風次郎さん、あたしは、いつだって一緒なんだよ」

多佳が、声を上げて叫んだ。

「だが、今は家にもどっていてくれ。いずれ連れにいく。それまでの間、おれを一人にしてくれ」

「おい、風次郎。おまえ、師匠には会えたのか」

段兵衛が訊ねた。

「いや。仙台藩の蔵屋敷はわかったが、どう訪ねていっていいのかわからない」

「ならば、伊藤家を出て、多佳と一緒に暮らすのもよい」

俊平が言った。

「それは、できねえ」

「なぜだ」

「狙われている」

風次郎が、声を震わせて言った。

「敵が見えたのか」

俊平が問いかえした。

「ああ。今日はしばしば姿を現した」

「どんな奴らだ」

「浪人者のようだった。大勢だ」

「おまえを、護ってやるから安心しろ」

段兵衛が言えば、

「いいんだ。放っておいてくれ」

風次郎の乗った船が離れていく。

船頭は若く、力強い櫂捌《かいさば》き、船は水音を立て、十間二十間、と離れていき、やがて闇に消えようとしたが、そのとき、一隻の平船が風次郎の船の前を塞《ふさ》いだ。

「なんだ、あの船は……」

段兵衛が、先の巨大な船に気づいて指さした。

風次郎の乗った船と、俊平たちの猪牙舟の間に、やはり平船がもう一艘入り込んできた。

「風次郎の船は、挟まれたようだな」

手前の平船には、人影が見える。黒の紋服を着けた何人かの影が揺れていた。

「うぬら、何者か」

俊平が、平船の男たちに向かって声を上げた。

「言えぬわ」

船側に立つ紋服の武士の一人が笑ってかえした。

男の横には、紋付姿の商人らしき男が三人並んでいる。

「どうやら、うぬらは薩摩の者たちではないな、そこな商人は何者だ」

「これは、柳生さまでござりますな」

船上の商人が、にやにや笑っている。

「風次郎さんが、強いことはよくわかりましたよ。だからこそ、こたびの御城将棋に、お出になってほしくはございません。私どもの賭けるお家が負けてしまっては困るからです」

「ほう。それは、大橋本家か、それとも大橋分家か」

「さあて、ご推察にお任せいたします」

「おまえは、商人仲間で、賭け将棋の胴元となっている両替商の備前屋だな」

俊平が言った。

「さあ、存じませんねえ」

商人が、隣の何処かの武士と顔を見あわせて笑う。

「そこの藩士ら。大橋分家を推す芸州浅野家の者らであろう」

「どう推察なさろうと、勝手でございます」

　中央に立つ武士が言う。

「大橋分家に、さしたる強豪はおらぬはず。浅野がなぜそこまで邪魔立てする」

「存じません。しかし、大橋分家もそこそこ強うございますよ。大橋本家と闘っても、勝つ脈はじゅうぶんございます。伊藤家にだって、風次郎さんがいなければ、負けはいたしません」

　他の武士がうなずいている。

「なるほどの。それで風次郎を奪い、何処かに匿って、出場させぬ手に出たというわけだな」

「柳生先生、よく我らの手を読んでおられる」

　中央に立つ武士が、不敵な笑みを浮かべて言った。

「備前屋清左衛門《せいえもん》と浅野藩士どもか。姑息《こそく》な手を使う。風次郎をどこに隠す」

「さあ、どこの里の海にお連れしましょうか」

　と、船体がぶつかる大きな音があって、風次郎の乗った船の向こう側の平船が、体当たりしてきたようであった。

どかどかと船に乗り移る侍の足音がつづき、風次郎の怒声が響きわたった。

「親爺、あの平船に寄せてくれ」

俊平が船頭に言った。

「だが、あの船のどこにでございます。体当たりしろとでも！」

船頭が怒声でこたえた。

「そうだ。段兵衛、手前の平船に乗り移って、ひと暴れしてくれ。私は、その向こうの風次郎の船に向かう。こ奴らは、頼んだぞ」

「わかった。風次郎を助けてやってくれ」

猪牙舟が、前方の平船に向かって突進していくと、段兵衛が胴田貫《どうたぬき》を引っ摑み、急ぎ平船に乗り移っていく。

船上の男たちがその勢いに圧倒され、わっと遠ざかった。

段兵衛は、胴田貫の豪刀をすでに抜刀している。

「船頭、あの平船を迂回《うかい》して、その向こうの船に着けてくれ」

俊平が、ふたたび船頭に命じた。

多佳が怯えて、俊平にしがみついてくる。

「大丈夫だ、必ず風次郎は助ける！」

俊平が、多佳の肩を抱きしめる。

段兵衛の奮戦を横目に、風次郎の屋根船に接近していけば、数人の藩士が風次郎を取り押さえ、平船に移そうとしているところであった。

俊平の猪牙舟の接近を見て、船上の三人の藩士があっと声を上げ、狼狽《ろうばい》する。

「来るな、来れば、この男を殺すぞ」

痩《や》せた目つきの鋭い藩士が、風次郎の喉元に、短刀の切っ先を突きつけて叫ぶと、

「黙れ。おまえたちに、そのようなことができようはずはない」

俊平が冷やかに言い放った。

「もし風次郎を斬れば、私はうぬらを一人として生かしておかぬ。それに、うぬらの正体はすでに割れている。風次郎に、もしものことがあれば、うぬらの藩は即刻お取り潰しとなろう」

「我らの藩を、うぬが知りようもないわ」

藩士の一人が言った。

「どうかな。私がそちらの船に移り、うぬらを倒して紋所を確かめれば、いともたやすい」

「紋所などはない」

「ならば、印籠《いんろう》を拝見しよう」

「来るな。来れば！」

「いや、行くよ」

俊平が笑ってかえすと、

「矢を打て！」

誰かが、向こう側の平船に残る仲間に命じた。

俊平に向かって、数本の矢が飛来する。

俊平は、急ぎ多佳を抱き寄せ、身を沈めた。

「よいな、多佳。ここで、待っておれ」

俊平はふたたびぬっと立ち上がると、力強く舟底を蹴り、跳んだ。船に移れば、男たちが怯えてわっと遠ざかる。

その数、四名――。

さらに平船から駆け付けた男が五名。

二人が、風次郎を左右に抑え込んだ。

「来るな。来るなよ。こ奴《わめ》を刺すことになる」

巨漢の藩士が震えながら喚《わめ》いた。

「そうはさせぬ」

俊平は、なおも踏み込んでいった。

「来るなッ！」

風次郎の左手の男が、狂ったように叫んだ。

将軍家剣術指南役柳生俊平の腕を恐れてのことにちがいない。

小刀を風次郎の喉頸《のどくび》に当て、さらにぴたりと寄せる。

と、次の瞬間、俊平の小柄《こづか》が夜陰をぬい、男の右腕目掛けて真っ直ぐに飛んでいった。

小柄は藩士の右腕を貫き、男は苦しげに呻いて小刀を落とした。

俊平は、すばやく抜刀し、男たちの只中《ただなか》に突っ込んでいき、風次郎を抱える男たちを追い払う。

左から男が突進している。

だが、俊平が素早く踏み込み、刀が男の胴をぴしゃりとたたいていた。

むろん峰打ちである。

風次郎を背後にかばい、残った三人を睥睨《へいげい》する。

「風次郎、多佳が待っている。おまえは、先に猪牙に移れ」

「わかった」

俊平に命じられ、風次郎はすばやく船から小舟へと飛び移った。

「どうだね。おまえたち、死ぬか、生きるかどちらにする。私はもう待てぬよ」

嘗《な》めるように男たちを見まわせば、怯えきった男たちは、もはや硬直して立ち尽くすばかりである。

彼方《かなた》、別の平船に段兵衛の姿を目で追えば、すでに敵の姿は船上から消えていた。斬り倒したのか、海に逃げ出したか、さすがに段兵衛である。

「もはや逃げるな、風次郎よ」

刀を納めて猪牙舟にもどり、俊平が風次郎に言えば、

「ええ」

風次郎は、固い表情のまま俊平を見かえした。

よほど、賊に襲われたのが恐ろしかったらしい。

「あ奴らは、おそらく芸州藩浅野家の藩士だ。大橋分家を支えていると聞く。それに、町の両替商まで味方していたようだ」

「そのようだな」

「おまえが御城将棋に出て来れば、もはや大橋分家は勝てぬと踏んでいるのだろう」

「ここはもう、御城将棋に出るしかないかもしれぬ」

　風次郎が言った。

「どういうことだ」

「おれも、いろいろ考えました。おれはもはや伊藤家の人間だ。将棋御三家を支える立場にある」

「そうか」

「だから、おればかりが目立つ将棋は、できぬと考えました」

「つまり、勝ったり、負けたり、ということか」

　俊平は風次郎を見かえし、笑った。

「そこまで考えたのか、風次郎」

「ああ、だが一度だけだ」

　風次郎が、悲しげに笑った。

「それが、ご公儀の御城将棋というものさ。だが、ここいちばんというところでは、おれは勝つがね」

「風次郎、そなた大人になったな。だが私は、上様と将棋を指しても、わざと負けたことなど一度もないぞ」

風次郎は、猪牙舟で待っていた多佳に目をやった。

「伊藤家が滅びる時は、おれも滅びるということさ」

「風次郎、よほどの覚悟だな。だが、そこまで自分を追い詰めなくても――。とにかく風次郎、上手にやれよ」

そう言って風次郎の腕をとれば、彼方で段兵衛が手を振っているのが見えた。

三

「さようか。よもや、浅野家がそこまでのことをするとはの」

歓待を受け、晴れやかな顔でもどってきた天野宗順は、俊平から大川での騒動の話を聞くと、憂い顔をつくって風次郎を見かえした。

「まこと、一介の将棋師には成すすべもないことで、ただ震えておりました」

風次郎は背筋を丸め、ちょっと大袈裟《おおげさ》に震えてみせた。

久しぶりに風次郎がもどってきた長屋には、大勢の子供たちが詰めかけ、将棋好きの老人たちの姿もある。

「嘘を申せ。そなたは、この俊平殿が片づけてくれるものと安堵し、平然とした顔をしておったように見えたぞ」

　段兵衛が、そう言って風次郎の脇腹をつついた。

「とんでもありません。敵は大船二艘、二十人はおりました。あれだけの人数が、突如現れ立ちはだかったので、どうやっても防ぎきれぬものと震えておりました」

「なに、柳生殿と段兵衛殿が揃っておれば、無敵であろう」

「お師匠。大名もあれだけの大藩となりますと、なんとも太々《ふてぶて》しいもので、紋付も別物に着替えておりました。私をかっさらい、瀬戸内《せとうち》の小島にでも匿うつもりだったのでしょう」

「うむ。そなたは柳河十万石しか知らぬからのう。浅野は広島《ひろしま》四十二万六千石。あれくらいの大藩ともなれば、することは大胆不敵」

「されば、宗順殿。仙台藩六十二万石はいかがでござったな」

　段兵衛が、にやりと笑って訊ねた。

「いやいや、伊達殿も豪快であったよ」

　宗順は、連夜の供応を懐かしむように言った。

「そうかの。かの藩も、内情は火の車のはず。財政難で首が回らぬと聞いたが」

　段兵衛が首を傾げた。

「なに、仙台藩の実高は、百万石を越えるとも聞く。まだまだ余裕のようです」

「さようかの」

宗順が言えば、長屋の衆が面白がって目を輝かす。

「あそこは、支藩もあれば、伊達を名乗る親類縁者も多い。新たに開拓した山谷もある。なにせ、初代藩主の伊達政宗公は、天下を窺《うかが》ったほどの大器じゃよ」

「それで、宗順殿は、仙台藩の連夜の歓待を受けてきたのだの」

俊平が笑って訊ねた。

「そういうことになりますな」

俊平と段兵衛が、顔を見あわせた。

「藩主吉村殿とも数局戦った。ご親類筋の分家の方々ともな。名はすっかり忘れたが、いや、面白き藩じゃよ。」

宗順は、鷹揚な口ぶりで言った。

「先生は、それで本気で戦ったのかね」

風次郎が、上目遣いに宗順を見た。

「なに、負けはせぬが、穏やかに戦った」

「ほう——」

風次郎が、興味深げに宗順を見た。

「そのようなことが、できるのでしょうか」

「なに、容易《たやす》いことだ」

宗順は、笑って風次郎に応じた。

「どうするのでしょう」

「勝負ごとというものはの。勝とうと思えば、勝てる。だが、負けようと思えば負けてしまうものだ」

「そのようなことはないはず。私はどうやっても、風次郎には勝てませぬぞ」

俊平が、宗順を見かえし笑った。

「なに、そなたも、私の域に達すればそうなる」

「で、宗順殿はあまり勝とうとせずに対局したのか」

段兵衛が尋ねた。

「まあ、そうじゃな。いわば、遊びじゃよ」

「そのようなことが、できるものなら、私もぜひそうしたい」

風次郎が、ちらと師匠の宗順を見た。

「なに、風次郎。さようなこと、そなたにもできようぞ。負けようと思えば本当に相手が、強く大きく見えてくる。勝とうと思えば、相手は小さく弱く見えてくる」

「それは、剣術の奥義《おうぎ》ですな」

俊平が笑って言った。

「そういえば、そのようなことを言った剣豪がおったな」

段兵衛が応えた。

「無住心剣流《むじゅうしんけんりゅう》の針ヶ谷夕雲《はりがやせきうん》であろう。勝ち負けなどどうでもよい、などと言ってしだいに勝負から離れていった」

針ヶ谷は、生涯五十二度の戦いで不敗。四十を越えて、相抜けの受け身の剣を編み出し、心の勝敗のみを説いた。

「勝ち負けなどどうでもよいことよ」

俊平も、最近はそんな心境になっている。

「宗順先生、私もそのような境地に達せられましょうか」

風次郎が膝を寄せて問いかけた。

「さてな。そなた、伊藤宗看殿に、試合に負けてくれと頼まれたそうじゃな」

「お師匠は、なぜそのことを」

「なに、私は宗看殿から相談を受けた。このままでは、将棋御三家はいずれ取り潰されるやもしれぬ、なんとかせねばとな」

　宗順はそう言って笑った。

「それで、先生は――」

「わしは、考えた。勝負将棋は、あくまで力のものじゃ」

「力のもの」

「勝ち負けがすべて、ということじゃ。しかし御城将棋は、興行じゃ」

「興行――？」

「勝ったり負けたりしながら、将棋という遊技を盛り上げていく。侍らしい遊びごとで、武家世界の繁栄を支えているのじゃよ」

「なるほど」

「そなたは、その世界に養子として、踏み込んだ。踏み込んだ以上は、しっかりやり遂げねばなるまい」

「やはり、そういうことになりましょうか」

　風次郎は、どこか不満げに宗順の言葉に耳を傾けた。

「難しいと思うであろう、風次郎」

　俊平が、笑って風次郎に尋ねた。

「なんとも、つまらないものです。しかし、期待に応じねば、ならないようです」

風次郎は、どこか悲しげに言った。

「こちらは風次郎様のお宅でございますか」

腰高障子の向こうで人の声がある。

「どなたじゃな。戸を開けて入られよ」

宗順が言った。

カタカタと戸が音を立てて、ようやく腰高障子が開いた。向こうから顔を出したのは、立派な身なりの商人であった。

「そなたは――?」

「深川の料理茶屋〈都鳥《みやこどり》〉の番頭で、八兵衛《はちべえ》と申しまする。伊達様から、料理をお届けするようご用命を受け、運んでまいりました」

番頭は腰を屈めてそう言い、家のなかをぐるりと見まわした。

とても、深川の高級料理茶屋の料理を届ける先とも思えないと見たのだろう。眉をひそめたが、その思いを押し殺し、背後の男たちに命じて料理を運び込んだ。

「どちらに、お置きすればよろしうございましょう」

「そうだな。その板の間の隅に置いてくれ」

宗順が笑って言えば、長屋の住人がわっとその場を空ける。

何段もの重箱が並んだ。酒樽《さかだる》も運び込まれる。

「しかし、どうして仙台藩はこのようなことをするのだ」

段兵衛が、小声で俊平に訊ねた。

「決まっておろう。風次郎に御城将棋で勝ってほしいのだ」

「なるほど」

「だが、それは困る」

風次郎が困惑して言った。

「どうしてだ、風次郎」

「私は、こたびは負けるのだ」

「そうであったな。仙台藩は失望しようがな」

宗順が笑った。

〈都鳥〉の番頭八兵衛が、丁重に口上を述べて帰っていくと、

「さあ、みなで食べるとするか」

宗順が言えば、長屋の者たちが、わっと騒いで重箱の蓋を開ける。

風次郎のところには、皿も箸も用意がない。長屋の住人数人が部屋を飛び出し、皿

を取りにもどった。

やがて、皿と箸が揃った。

「さあ、食え。おまえたちには、二度と食えぬ料理だ。たらふく食うがいい」

宗順が言う。

「お師匠。それは淋しい言い方だよ」

風次郎が、師匠の話を打ち消した。

「さあ、みんな食べてくれ。持ってきたのは、あの仙台藩だ。これくらいじゃ、懐はちっとも痛まねえから、安心して食いな」

風次郎が言えば、長屋の爺さんたちがにこにこしながら、子供たちのために重箱の料理をよそってやる。

「それにしても、風次郎さん、大したもんだな」

長屋ではいちばん将棋の強い若者弥太郎《やたろう》が言った。

「なにがだい」

「天下の仙台藩から、こんな料理が届けられるんだからな」

「なに、大したことはない。おれはただの勝ち札なのさ。伊達はおれに賭けて大儲けしたいだけだ」

「だがよ。あんたに天下の大藩が金を賭けるんだ。やっぱりあんたは大したもんじゃないかい」

そう言われて、風次郎はちょっと悲しげな表情になって、

「そんなおれも、今のうちだけかもしれねえ」

と言った。

「なぜだ？」

「おれが丸くなっちまって、勝ち負けをするようになったら、みな得体の知れねえ奴と、相手にしなくなるだろう」

「はは、これからは、勝つか敗けるか。腹のうちで決めるわけか」

俊平が問うた。

「そうなのですよ。誰も、相手にしなくなるよ」

「それはそうかもしれぬが、賭け将棋の熱を冷ますには、ちょうどよい機会かもしれぬ」

段兵衛が、半分からかうように言った。

「しかし、賭けた人たちを裏切るのも辛いものさ」

「それは、仕方ない。おまえは、幕府や家元のために働くのだ」

宗順が言った。

「そうだな……」

風次郎はそう言って、大きくうなだれていると、

「風次郎さん、いいんだよ」

黙って風次郎の横顔を見つめていた多佳が、その手を取って言った。

「えっ……」

「だから、嫌だったら、わざと負けなくたっていいんだよ。それじゃ、あまりに悲しすぎる」

多佳が言い含めるように言った。

「なに、おれは大丈夫だよ」

風次郎が悲しげに言った。

「おれは、お師匠と同じやり方でいくよ」

「宗順さんと、同じやり方？」

段兵衛が訊ねた。

「そうさ。淡々とやる。敗けると言いながら、相手を立てていく。気がつけば、きっと勝負がついているだろう」

「そうか……」

宗順が風次郎を見つめた。

「だけど、勝つ時もある」

「むろんだ」

俊平が言った。

「そして、何戦かしてみたら、やっぱり風次郎がいちばん強いらしい、ということにしたい」

「そうかい。強さを勝ち負けの間に溶け込ましていくのだね」

「そして、風次郎は、やがて将棋御三家のうちの伊藤家の人間になっていくという寸法か」

俊平が言った。

「先生、これがおれの本気になる最後の勝負かもしれねえ。先生と、久しぶりに一局対戦してみてえ」

「そうか。ならば、相手になろう」

「よしきた」

宗順が、料理の皿を投げ出して足を組みかえ、風次郎に向き直った。

じっと風次郎を睨み据える。

「これは、すでに大戦になるな」

段兵衛が唸るように言った。

「わしは負けぬ」

宗順が言う。

試合は淡々と始まり、両者ががっぷり四つに組んで互いに譲らず、しだいに熱気が部屋に充満してくる。

みな、料理を食べるのも忘れて熱戦に見入った。

一戦は、じつに二刻半におよび、ついに風次郎が勝利した。

「やったな、風次郎！」

宗順は、悔しそうに顔を歪めていたが、やがて風次郎を褒《ほ》めてやった。

「いや、まぐれだよ」

「いや、おまえは強かった」

「先生、さっきの話だ。おれは忘れちゃいない。先生の勝負は、変幻自在《へんげんじざい》というじゃないか。敗けることも勝つこともできるってね。先生のおれへの最後のはなむけなんじゃないかい」

「馬鹿を言うな」

宗順は笑って、俊平を見た。

俊平も、笑っている。

「とまれ、お城ではうまくやれよ、風次郎」

宗順が、また風次郎の肩をたたいた。

「ああ、やってみるよ」

風次郎は、余り自信なさげにそう言って、悲しそうにうなだれた。

第五章　人間将棋

一

将棋御三家の対抗戦となる御城将棋は、その日、本丸黒書院《くろしょいん》の間《ま》において、将軍吉宗臨席のもと、おごそかに執り行われた。

老中をはじめとする幕閣の将棋好きや諸大名も多数つめかけ、会場となった本丸表御殿黒書院は、立錐《りっすい》の余地もない。

この日は、吉宗の求めにより、南蛮渡来の人間将棋盤が、別に城中本丸内庭へ用意され、その他の諸大名や旗本、はては大奥中臈までが詰めかけ、見聞されることになった。

黒書院中央では、伊藤家の代表として風次郎、大橋本家からは大橋宗桂が出場し、それぞれすでに大橋分家を退けて、決勝戦を迎えていた。

部屋の中央、大橋本家の大橋宗桂と伊藤家の風次郎は、ともに正座して対峙《たいじ》し、もの静かに対局の開始を待っている。

将軍吉宗は、上座から風次郎の風貌をじっと見下ろす。その力量を推《お》し量《はか》っているようであった。

諸大名のうち、伊達吉村は表情に余裕があり、ほとんど含み笑いを浮かべるがごとくであったが、薩摩藩主島津継豊、広島藩主浅野吉長《よしなが》は苦々《にがにが》しさを嚙《か》み殺すかのように、風次郎の横顔を睨み据えている。

「始めよ――」

吉宗がよく通る声で、黒書院中央の二人に命じると、両者たがいに黙礼し、風次郎がまず駒をすすめた。

新人の風次郎が格下、先手というわけである。

風次郎が駒を動かせば、小姓頭が、

「五六の歩――」

と声高く告げ、それが廊下に伝えられ、さらにその次の役人にも伝えられて、内庭に描かれた巨大な将棋盤の人間将棋にまで伝えられる。

人間将棋は、主に菊《きく》の間詰《まづ》めの小大名たちであった。

五六歩のマスに立つ大名が立ち上がり、一歩前にすすんだ。

小さな騒めきが起こっている。

風次郎得意の中飛車が、意外だったのである。大胆不敵の一手と見えたらしい。

大橋宗桂が、固い表情で考え込む。

宗桂は、じつは風次郎と戦ってすでに敗北している。その経験からか、表情がきわめて固い。

一方の風次郎は、飄々とした表情で、上座の将軍吉宗も、居並ぶ幕閣諸侯も、眼中にないかのごとくであった。

吉宗は、その風次郎のようすを見て、わずかに笑ったようであった。

柳生俊平はといえば、他の一万石大名の二人立花貫長、一柳頼邦とともに、城中本丸脇の内庭で、人間将棋の前の床几に座していた。

周囲の大名たちが騒がしい。将軍吉宗や幕閣の姿が見えないのをよいことに、あれこれ雑談に耽《ふけ》っているのである。

それを、同格の人間将棋の大名らが、怖い顔で見つめている。

対局はすすむが、風次郎はなにを考えているのか、ふらふらと駒をすすめたり、もどしたり、どこかやる気もなさげである。

風次郎は、この日負けることを決めていた。

負けてやるつもりである。

だが、伊藤家の名誉と自分の誇りを傷つける負け方はしたくなかった。

そこが難しい。

師匠天野宗順が言うようにはいかなかった。

風次郎は焦りはじめた。

「これは、伊藤家の勝ちじゃな」

俊平の後ろで、いずこかの大名が、隣の大名と小声で語りあっている。

「いや、まだわからぬぞ」

どうやら、その言いぶりからみて、片方の大名は大橋本家に肩入れしているらしい。

「だが、このまますすめば風次郎が勝ってしまうぞ」

一柳頼邦が、小声で言った。

頼邦は、俊平から話を聞き、風次郎が負ける気でいることを聞かされている。

「そうかの――」

俊平が、頼邦をちらと見かえした。

「いや、風次郎は、あれで情に篤《あつ》い九州男児だ。最後は大橋家に、こっそり勝ちを譲るのではなかろうか」

立花貫長が言った。

「わしはそう思わぬぞ」

頼邦が、俊平をはさんで反対側から貫長に言った。

「九州男児だからこそだ。最後には、己の将棋を打ってしまうと見た。あ奴には、わざと負けるなど、姑息なことは耐えがたかろう。この勝負の勢いをみよ。風次郎に、勝ちを譲る気配などない」

頼邦が言い張った。

「まだ始まったばかりだ。勝負はこれからだ。いずれにしても、面白い」

俊平は、そう二人に言った。

「そこの者たち、うるさいぞ」

後方から、ヤジが飛ぶ。

「なんだと！」

貫長が、眼を剝《む》いて後ろを見かえした。

見覚えのある顔だと思い返せば、以前貫長が城中で抜刀し、あわや刃傷沙汰《にんじょうざた》というところまで激昂したのを、制止してくれた赤穂藩主森政房《あこうはんしゅもりまさふさ》である。

「おお、これは森殿」

貫長は、喧嘩をするわけにもいかず、首をすくめた。

勝負は四半刻（三十分）ほどして、ふたたび膠着状態に入った。

風次郎の動きが、また鈍《にぶ》りはじめた。

別段、強く圧《お》されているわけではない。だが、一時《いっとき》の圧倒するほどの攻めの迫力が薄れ、澱《よど》んだような膠着した空気が、また漂いはじめた。

「これは、どうしたことであろうな」

立花貫長が、小声で俊平に話しかけた。

「見てのとおりだ」

俊平にもわからない。

「風次郎め、大橋宗桂に勝ちを譲ってしまうのか」

一柳頼邦が、いかにも残念といった口調で言った。

このたびは、背後から騒がしいと声がかからない。

人間将棋を見物する諸侯も、みなこの膠着状態のわけがわからず、駒となった諸大名の顔を睨んでいる。

そのころ黒書院の間では、風次郎が手拭いで冷や汗を拭いながら、攻めあぐねていた。
なかなか、手を緩める妙手が思い浮かばない。どうしても、押し手ばかりが思い浮
かんでしまう。
あえて、不利な手を考えれば、そのまま負けてしまいそうなのであった。
それはそれでよいのだが、風次郎のなかの何かが許さなかった。
それは、風次郎の誇りのようなものである。
風次郎の迷いが伝播《でんぱ》したのか、大橋宗桂の手にも、乱れが生じていた。
二人の気の乱れは表情にも現れ、見物する諸侯にも伝わりはじめた。
吉宗は怪訝《けげん》な表情を浮かべ、咳払いをした。
小姓が動き、両者に茶を差し出す。
大橋宗桂が休憩時間を取り、休みを挟むことになった。
大橋宗桂が膝を詰めて、風次郎に小声で話しかけた。
「どうなさるおつもりじゃ」
宗桂は、このまま圧してくるのか、それとも自分に勝ちを譲る気か、暗黙に問いか
けてきたのである。

「はて――」

と言って、風次郎は絶句した。

(わからぬ)

風次郎は、また手拭いで汗を拭った。

正直な気持ちであった。

なんとか勝ちを譲ろうとも考えるのだが、もう一人の別の自分がそれを許さない。負けようと手を考えると、その手はまずいと、もう一人の自分が言う。

結局自分には敗ける手を考える頭がないのかもしれない、と風次郎は思った。

風次郎は、焦った。焦れば焦るほど、自分で自分を裏切っている気がした。

「休みはこれまで――」

老中首座の松平乗邑が、苛立たしげな眼を風次郎に向けて言った。

両者ふたたび正座して、向かい合う。

大橋宗桂は、ありありと焦燥感を漂わせていた。

敗色が濃い――。

吉宗はそれを見て、わずかに表情を緩め、あらためて風次郎を見た。

小さく、うなずいている。

形勢はすでに、明らかに風次郎有利に傾いていた。

風次郎は、またどこか思い切ったように勢いを取り戻し、一気呵成《いっきかせい》に敵陣へ攻め込んでいった。

四半刻の後、大橋本家当主、八代大橋宗桂が投了した。

「やったな――！」

柳生俊平の隣で、一柳頼邦が言った。

「思い切ったものだ」

俊平も、眼前の人間将棋の諸大名の配置を見て唸った。

「伊藤家が勝った」

後方で、誰かが叫ぶ。

菊の間の諸大名はそれぞれ、賭けた家がちがうのだろう。喜ぶ者、嘆く者、さまざまである。

「俊平、これでどうなろうな」

立花貫長が、心配顔で訊ねた。

「どう、と言うと？」

「将棋御三家の行く末じゃよ。在野から養子入りした風次郎に、大橋宗桂殿がこれほど圧倒されては、御三家の影がますます薄くなる。上様は、今後もこれで家元制度をつづけられようか」

「はて、おそらくとうぶんの間は問題なかろうが……、その先は、私にもわからぬ」

「倹約を理由に、大奥から女たちを追い出した上様のことだ。お取り止めになることも、なきにしもあらずだな」

立花貫長が、ずけりと言った。

「されば、上様にうかがってみようか」

「おお、それがよい」

一柳頼邦も、強くうなずいた。


吉宗は、風次郎の圧勝ぶりにまだ興奮冷めやらぬようすで、俊平を急ぎ招き寄せると、

「いやあ、見事な勝ちっぷりであったな。あ奴はまことに強い奴じゃ」

と、風次郎を褒めちぎった。

「余は将棋というものの面白さを、新たに知った思いであった」

「はて」

俊平は吉宗にそう言われても、素直にその感動を受けとめられなかった。

「それはどのような意味でございましょう」

「風次郎の将棋は、駒が生きておるという気がする。駒が自由自在に動き回り、相手をつぎつぎに圧倒する。あれが将棋というものの醍醐味《だいごみ》かと知ったよ」

「それは、ようございましたな」

俊平は、ようやくゆったりした笑みを浮かべて吉宗を見かえした。

「それにしても、余は御城将棋が色褪せた思いを強めた。大橋本家は、由緒《ゆいしょ》ある将棋の名家だが、なんのことはない。あっさりと在野の将棋師に負けた。あれでは、将棋所も霞《かす》んでしまうの」

「それほどまでの差は、ないかと存じまするが……」

「俊平。そち、まことにそう思うておるのか」

吉宗は、ふと真顔になって俊平をうかがった。

「はい」

「余はそうは思わぬ。今の将棋御三家は、ずいぶん衰えたと思わぬか。風次郎は、初めはあまりやる気がないように見えたが、途中から、なにを思ったか、俄然《がぜん》強うなった。それからというものは、大橋宗桂を寄せつけぬ強さであった」

「たしかに」

「俊平――」

「なんで、ございましょう」

「風次郎は初め、大橋宗桂に負けてやるつもりであったであろう」

「さ、それは……」

俊平は吉宗を見かえした。

吉宗は、俊平をじっと見つめて視線を外さない。

「隠さずともよいのだ。余の目は節穴ではない。おそらく、御三家の危機を感じる者たちの声に促され、今日は出しゃばらず、勝ちを譲るよう話ができておったのだろう。じゃが、それがうまくいかず、ええい、とばかりに風次郎は勝ってしまった。気まずい勝ち方であったな」

「いえ、私はなにも存じませぬぞ」

俊平は、汗をかいて、首を振った。

「よいのだ。風次郎が妙に大人びた真似をするのは、あの者にふさわしうない」

「上様にそう言っていただければ、風次郎は大いに喜びましょう」

「うむ。じゃが、ちと心配なのは、風次郎が己を押し通していけば、伊藤家に敵はおらぬようになろう」

「たしかに、それはちと心配でございます」

「そちもそう思うか……」

吉宗は考えてから、

「いずれにしても、将棋はますます面白くなくなる」

「はい」

「御三家の明日については、もう考えるのはよそう。先のことは、先のこと。今は風次郎の将棋をたっぷり堪能《たんのう》し、大いに愉しめばよい」

「これは私見にございますが、他家にも、あのような在野の強豪を探させてはいかがかと存じます」

俊平が、あらたまって吉宗に進言した。

「それでは、御三家が御三家ではなくなってしまうではないか」

「さようでございます」

「じゃが、まあ、それもよかろう。御三家が、大橋と伊藤でなくともよいのだ」

「はい？」

「たとえ家が変わろうとも、強き将棋師のいる三つの家が、新しい御三家として役割を演ずれば、それでよいのかもしれぬ」

「そういう考え方も、ございますな」

伊藤家には気の毒だが、そういう割り切り方もあるかと、俊平は思った。

「じゃが、くれぐれも、風次郎の身の安全だけはしっかり護ってやるがよいぞ」

「心得ております」

「愚かなことじゃが、将棋賭博に藩財政を賭けておる藩もある」

吉宗が厳しい眼で俊平を見かえした。

「はい。されど、各藩の将棋賭博も、幕府の役人が胴元となっております。お広敷役人、大奥お年寄、それに、ご老中には灸《きゅう》を据えてくださいますよう、お願い申し上げます」

「そうじゃの。私腹を肥やす輩には、熱い灸が必要じゃ」

言って吉宗は、ふっと吐息を漏らした。

「とはいえ、なかなか思うようには口を挟めぬ。ことに大奥お年寄大滝、老中首座松平乗邑には、大いに頼るところがあり、余も口が出しにくい」

「はい」

俊平はそこまで言うと、それ以上何事も言えず、口をつぐんだ。

「されば、本日はこれくらいに。ご無礼させていただきます」

「どうした、もう帰るのか」

「風次郎も伊藤家も、戦《せん》々《さ》兢々《きょうきょう》としておりましょう。上様のお気持ちを伝えします。安心させてやらねばなりませぬ」

「待て待て、俊平。余は、御三家が将来まで安泰とは申しておらぬぞ」

「はて、それでは……」

俊平は、また意外そうに吉宗を見かえした。

「今後の課題じゃ。風次郎の動き、御三家の動き、じっくり見させてもらおう」

吉宗はそう言って、くすりと笑った。

吉宗は、多少悪戯心もはたらいて、将棋御三家を困らせてやろうと思っているらしい。

二

俊平をはじめ、風次郎ゆかりの面々が仙台藩の招きを受けて、深川の料理茶屋〈都鳥〉を訪ねたのは、城中での盛大な対局があってから、五日ほど経ってのことである。

　仙台藩は、風次郎と天野宗順、伊藤宗看、柳之助、多佳、さらには、俊平と一万石同盟の二人、立花貫長と一柳頼邦まで〈都鳥〉に迎え、風次郎大勝利の祝宴を催した。

　だがこの日、当の風次郎は、さっぱり顔色がさえない。

「風次郎殿、あの日は実に見事でござったな」

　するすると近寄ってきたのは、いちど鬼灯長屋まで訪ねてきたことのある、仙台藩士、川島庄右衛門である。

「はじめのうちは大橋宗桂殿に気づかい、攻めあぐねるようすであったというが、どうしてどうして、腹を据えて勝ちに行ってからは、大橋本家の当主も相手にならぬほどであったというではないか」

「あ、いや、それは――」

　風次郎は、心ここにあらずというようすで、川島を見かえし、

「まことに、まずいことをしてしまいました」

　と言って、頭を掻いた。

　川島はきょとんとした顔で風次郎を見かえし、首を傾げながら去っていった。

「なに、そなたは思うがままに戦って、勝ったのだ。妙な妥協や忖度《そんたく》は不要。それでよいのだ」

俊平が笑って、風次郎の肩をたたいた。

「しかし、それで将棋御三家の家元制度は、終わりを迎えるかもしれない。そうなったら、私のせいです」

風次郎は、うつむきながら、口を尖らせた。

「そうだとしても、そなたのせいではない。そなたを伊藤家に迎えた以上、こうした勝負になることも、じゅうぶん予測がついたはずだ」

俊平はそう言って、また風次郎の肩をたたいた。

だが、風次郎はうつむくばかりである。

「柳生先生。じつのところ、上様のお心のうちはどうなのです」

「その件だが」

俊平が、伊藤宗看に向き直った。

「上様は、将棋所の家元制度を終わらせようと、お考えなのではないですか」

「今後の御三家の動きしだいと申されていたが……」

「私どもの今後の動き……」

伊藤宗看は重い吐息を漏らした。神妙な顔をしているが、顔色はずいぶん紅い。

宗看は、あまり酒に強くないらしい。

「宗看さま、私はあなたとの約束を守れませんでした」

風次郎が、宗看の顔をのぞいた。大橋宗桂を打ち負かしたことを、ずっと後悔している。

「よいのだ。そなたは真の〝龍王〟。もはや敵はおらぬ」

宗看は険しい表情で言った。

「そう言ってもらえると嬉しいが、これで御三家が無くなってしまえば、伊藤家に恩を仇《あだ》で返したことになる」

「いやいや、そなたは、そのようなことまで考える必要はない」

宗看はそう言ってから、ふと悲しい眼差しを見せ、

「ひとえに、我らが不甲斐《ふがい》ないのだ」

と、こぼした。

俊平と段兵衛が、顔を見あわせた。

「いまひとつの心配はな、将棋賭博に熱中している連中のことだ」

「と、申すと」

俊平が、立花貫長を見かえして尋ねた。

「風次郎のせいで、伊藤家だけがあまりに強くなれば、賭博が成立せぬだろう」

「そうであったな」

「儲けたくてウズウズしておる連中も、胴元になって旨い汁を吸っていた連中も、賭博が成立せぬでは、商売あがったりだ」

段兵衛の言うとおりもはや風次郎の一人勝ち、これでは賭け将棋にならぬと知った連中は、風次郎を抹殺しにかかるかもしれなかった。

俊平は、風次郎の身を案じた。

「風次郎、その時はわしと段兵衛がそなたを護ってやる。そなたもせいぜい用心いたせ」

「おれは、やはり狙われるのですか」

風次郎が小声で言った。

「その危険はたしかにある。仙台藩とて、わからぬぞ。今はこのように歓待してくれるが、そなたが強すぎて賭博にならぬでは、しだいに甘い顔はせぬようになろう」

「それは、そうだろうな。世知辛《せちがら》いものだ」

段兵衛も、唸るように言った。

「黙ってあきらめ、賭博から身を退く者たちなら、それで良いのだが、気の荒い者も多い。そなたへの逆恨《さかうら》みから、命を狙う者が現れてもおかしくはない」

「おれは、もう嫌になった」

風次郎が、吐き捨てるように言った。

「おれは、好きな将棋ができればそれでいいのだ。強い相手が現れれば、真剣に挑んでいく。駆け引きや忖度なんて、必要ねえ世界がなつかしい。それに、毎日刺客に怯えて暮らすなんて、まっぴらだ」

風次郎が言った。

「だが、そんな余計なことを考える時期も、すぐ過ぎるとも思える」

背後からの声に一同振りかえれば、盃をかかえた伊藤宗看である。

「なに、御三家とて、いつも強い将棋師が揃っているわけではなかった。他家から養子を迎えたり、これといった者を、門人に迎えたりして繋《つな》いできたのだ。他の二家も、いずれ在野から強い者を探してこよう。いつまでも、風次郎の天下がつづくとは限らん」

「そんなものでしょうか」

風次郎が、疑り深い目で宗看を見た。

「そう願いたい」

宗看は顔を歪め、小さく笑った。

風次郎の心は、一時静まったかに見えたが、それから数日内に予想外の行動がつぎつぎとつづいた。


「夫が松乃湯に向かいました」

多佳が、木挽町《こびきちょう》の柳生屋敷にいきなり駆け込んできたのは、それから三日経ってのことである。

風次郎は伊藤家を飛び出し、そのままずるずると長屋住まいをつづけていたが、長屋の住人が一枚の瓦版《かわらばん》を見せたことで、風次郎は俄然奮い立ち、家を飛び出していったという。

「どういうことだ――」

遅い昼餉を食べていた俊平は、箸を置き、目を剝いて多佳に問いかえした。

伊茶もなにも言わず、立ち尽くしている。

多佳によれば、風次郎のいない松乃湯には、新たな将棋の強豪が現れ、挑戦者を迎えて無敗を誇っているという。

それを報じる瓦版は、伊藤家に移った風次郎よりも強いのではないか、と煽《あお》っているという。

それを見て、風次郎は俄然戦意を掻き立てられ、取るものもとりあえず、湯屋に向かったというのであった。

「風次郎らしい」

そうは思ったものの、俊平はこれで伊藤家もこの噂が広まればさぞ心配であろうと思った。

「ようすを見に行かれては、いかがでございます」

伊茶が、俊平に寄り添って心配げな表情を浮かべた。

「よし、行ってみよう」

「私もまいります」

伊茶も、支度をしようと立ち上がった。

「おいおい、伊茶は女人ゆえ、湯屋の二階には入れぬのがしきたり」

と、俊平が笑って一人立ち上がると、

「どうした。俊平――！」

と、稽古を終えた段兵衛が部屋に入ってきた。

事情を聞かせれば、段兵衛もひどく心配しはじめ、風次郎はもう、伊藤家にはもどれなくなると言った。

「されば段兵衛、そなたも来てくれ」

そう言って屋敷を飛び出し、松乃湯に向かえば、湯屋の二階は、黒山の人だかりである。

「ああ、柳生先生――」

旅籠を営む、顔見知りの金次郎《きんじろう》が席を譲ってくれ、前に回れば、風次郎と髭面のむさ苦しい浪人者が、険しい顔で睨みあっている。

見たところ、両者互角の戦いぶりであった。

「これは、強敵だな」

段兵衛が、小声で俊平の耳もとで言った。

「私も、これほど厳しい顔の風次郎は初めて見たぞ」

俊平が言葉を返すと、席を譲ってくれた金兵衛旦那が、

「なにせ、十戦全勝だからの。上方《かみがた》の者らしいが、向こうには敵がおらぬので、江戸に出て来たという」

と耳打ちしてくれた。

「こ奴の名は――」

段兵衛が、金兵衛旦那に訊ねた。

「橋本角兵衛《はしもとかくべえ》というらしい」

「角兵衛か。いかにも将棋師らしい名だな」

段兵衛が笑った。

「それで、いつから対局している」

俊平が尋ねた。

「もう二刻（四時間）になる。下の湯船は空っぽだよ」

金兵衛が笑って言った。

「腹が減った――！」

風次郎が、突然声を上げた。

湯女《ゆな》が笑って、風次郎に饅頭を届けた。風次郎はそれを美味そうにぱくついて、また相手を睨んだ。

相手の将棋師、橋本角兵衛はじっと考え込んでいる。

「どうだ――」

段兵衛が俊平に訊ねた。

「まだ、五分だな」

俊平が応じた。

「いや――」

風次郎がそれだけ言った。二人の話が聞こえているのだろう。

おそらく、自分のほうが有利と言いたいらしい。

「そうかも、しれぬな」

俊平も、小さくうなずいた。

饅頭を頬ばるその顔に、余裕が生まれている。

風次郎が、ぴしゃりと銀を打った。

角兵衛の顔色が、わずかに変わった。

ぐるり取り囲んだ見物客の間にも、小さな衝撃が走る。

「これで、局面が変わったな」

俊平がきっぱりと言った。

駒を打つ風次郎の動きが、いくぶん早くなっている。反対に、角兵衛の長考が目立ちはじめた。

「ふうむ――」

俊平は、わずかに微笑んだ。

それからも攻防は半刻（一時間）ほどつづき、最後に角兵衛は大きく唸り声を上げて、投了した。

「それにしても、おぬし強いの」

角兵衛が、呆気にとられたように呟いた。

まだ、負けた自分が信じられないらしい。

「当たり前だよ。こちらは、将棋御三家の伊藤家を継いだ風次郎さんだ」

誰かが言った。

「なに、伊藤家の」

角兵衛が呆然として言った。

「いや、おれは……」

風次郎はそこまで言って、ふっと吐息を漏らした。

「風次郎、おぬし、どうするつもりだ」

俊平が、声をかけた。

「柳生先生――」

風次郎が、言ってそのまま口籠もった。

「おれは、こっちのほうが愉しいのです」

「そうか――」

俊平は、それだけ言ってうなずいた。

「ずっと、生きている気がする」

「うむ」

「勝ち負けの勝負を素直に喜び、負ければ素直にうなだれる。それだけで、おれはいいんです」

「それは、御三家の将棋ではできぬか」

「できねえと思う」

風次郎が、あきらめたように言った。

「上様は、そんな風次郎のままでもよいと言っておられた。伊藤家も満足なのではないか」

「いいのさ。上様も、今はそう言ってくださろうが、その先のことは、誰にもわからねえ。きっと、お考えも変わる」

「されば、そなた。伊藤家を去るつもりなのか」

「こんな勝手ばかりつづけていたら、伊藤家だって許しちゃくんねえはずだ。瓦版だって書き立てる」

俊平は黙り込んだ。

たしかに、これ以上風次郎を引き留めるのは、伊藤家にとっても迷惑かもしれない。

「今日は、一人にしてくだせえ、柳生様」

風次郎はいきなり立ち上がり、みなを残して、一人、湯屋の急な階段を駆け下りていった。

「おい、十両だ」

橋本角兵衛が、お互いの掛け金の合計十両を持って、風次郎を追っていく。

「角兵衛殿、今日の勝負は引き分けにしておいてくれ。風次郎は、そっとしておいてやってほしい」

俊平にそう言われると、

「しかし……」

角兵衛はそう言いながらも、これで助かったという顔で、自分の五両を懐にそっと収めた。


その日も夜になって、柳生藩邸にふたたび多佳が駆け込んできた。

途中で何度も転んだのだろう、脚にすり傷を作っている。

草履の鼻緒は切れて、裸足《はだし》で駆け込んできた。

「多佳、どうした！」

段兵衛と俊平は、息を切らし倒れ込んだ多佳を抱きかかえた。

「大変でございます。風次郎さんが襲われました」

「なに、何処でだ！」

「須《す》田町《だちょう》の辻で――」

「相手は？」

「浪人ふうの侍が十人ほど」

多佳はあえぎあえぎ言った。

「して、風次郎は無事か」

「はい。夜陰に紛れて逃げ、材木商の資材置き場に隠れております」

「それで、そなただけが、ここまでそれを報せにきたのだな」

「はい。一刻も早く柳生さまにお報らせしようと。容易には見つからないと思いますが、相手も必死。もし見つかれば、風次郎さんの命はありません」

「それは、大変なことだ」

俊平は部屋を見わたし、小姓頭の慎吾を直ぐに呼び寄せると、

「段兵衛はもう帰ってしまったのか」

と尋ねた。

こんな時、頼りになるのは、やはり段兵衛である。

「いえ、まだ道場におられたと思いますが」

慎吾が応えた。

「ならば、段兵衛に声をかけてくれ。それと、慎吾、そなたも一緒だ」

急ぎ支度をととのえ、段兵衛を待って町に飛び出していくと、多佳も息を切らしてついてくる。

俊平は、振りかえり振りかえり、多佳に道を尋ねた。

須田町は半刻ほどの距離で、すでに多佳は息を切らし蒼ざめている。

「どこなのだ」

俊平が、多佳を支えて尋ねた。

「はい、あの相模屋《さがみや》の裏手でございます」

多佳が大きな暖簾が夜風にたなびく材木商を顎でしゃくった。

廻り込んで、暗い材木置き場に入ってみると、そこには資材が積み上げられ、かなり広い。

「風次郎――」

声をかけたが、人気《ひとけ》はない。

「どこかに、隠れているはずです。どこにも行かない、と言っていましたから」

多佳が不安げに、辺りを見まわして言う。

段兵衛が、屋根裏に上がる急な階段を見つけて、駆け上がっていった。

「おっ、いたぞ！」

段兵衛が闇のなかにうずくまる風次郎を見つけて叫んだ。

「おお、風次郎。無事だったか」

俊平が、闇のなかにうずくまる風次郎の姿を確かめた。

「柳生先生――」

震える声で、風次郎が呟いた。

「危ない目にあったな。もう大丈夫だ」

「だが、相手はかなりの数です」

風次郎が脅えた声で言った。

「なに、剣は数がすべてではない」

「ならば、安心した」

風次郎が、ようやく笑った。

「おや……」

段兵衛が、外の気配に気づいて息を殺した。

慎吾が屋根裏の小窓から、外をのぞく。

人が戻ってきたようであった。

「奴ら、手がかりを探すと言って去っていったが、また帰ってきやがった」

なるほど、風次郎の言うように、材木置き場の外では、人がぞくぞくと集まってくるざわめきが聞こえる。

そのうちの数人が、人の気配があると、材木置き場の入り口に足を踏み入れてきた。

「このなかかもしれぬ」

数人が、小屋に入ってくる。

提灯の明かりが材木置場の闇を照らした。

五人は、屋根裏で息を潜めた。

「おい、気のせいではないか」

浪人者の一人が仲間に言った。

「たしかに気配があったが……」

別の男が言った。

浪人者がさらに数人、材木置き場のなかに入り込んで提灯《ちょうちん》を高く翳す。

「やはり、おらぬようだな」

かん高い声の別の男が言った。

しばらく材木置き場を探しまわり、男たちが去っていく。

「しつこい奴らだったの。ようやく去っていったわ」

段兵衛が苛立たしげに言った。

「こうなれば、わしが飛び出していき、一気に片づけてくれようか」

段兵衛が気負った声で言えば、

「慎重にしたほうがいい。相手の腕がわからぬ。それに風次郎や多佳がいる」

俊平が声を潜めて言った。

「なに、大したことはあるまい」

段兵衛が笑って、階段をおりてゆく。

「待て、段兵衛！」

「いや、わしは行く。わしが一気に引きつけて暴れている間に、風次郎を助けて逃げてくれ。慎吾、多佳を頼む」

俊平は慌てて止めたが、それを聞く段兵衛ではない。

俊平もやむなく、風次郎に肩を貸すようにして階段を降りた。

慎吾、多佳も後につづく。

遠くで、また騒めきが聞こえた。段兵衛が、浪人者の間に躍り出たのだろう。

俊平が苦笑いして、

「されば、風次郎。ここは段兵衛に任せて先を急ごう」

と、声をかけた。

夜道には、すでに人の影はない。

町辻を曲がろうとした時、後ろから段兵衛が逃げてくる。

それを追って、十人ほどの浪人者が懸命に駆けてくる。

「どうした、段兵衛」

駆け寄ってきた段兵衛に、俊平が訊ねた。

「いやな、一人胴田貫でぶったたいてやったが、斬れぬのだ」

段兵衛が、荒く息継ぎながら言った。

「たぶん、鎖帷子《くさりかたびら》を着けているのだろう。おぬしも用心せい」

段兵衛が、追ってきた男たちを、えぐるような眼差しに睨んで言った。

「面白い。鎖帷子が強いか、私の刀がみごと鎖を断ち切るか、やってみよう」

俊平が抜刀して、男たちを睥睨する。

「よかろう。わしも力まかせに刀を揮《ふる》おう」

段兵衛が、腕まくりして言った。

「見かけぬ奴らだな。誰に頼まれて風次郎の命を狙った。浅野家か、それとも島津か。ただの素浪人とは思えぬ」

俊平が、浪人者のなかでも一人陣羽織を着けた総髪の男に目を向けて尋ねた。

「それは言えぬ。だが、じつはな、風次郎はあくまで囮《おとり》。柳生俊平、そなたをおびき寄せるためであった」

「笑止《しょうし》、この私になんの用がある」

「将軍家剣術指南役、柳生俊平に挑んでみたかった」

「されば、いずこかの道場のものか」

「われらは、連雀町《れんじゃくちょう》の直心影流《じきしんかげりゅう》神野《じんの》道場の者。私は、師範神野甚五郎《じんごろう》」

「お望みとあらば、勝負することもやぶさかではない」

俊平を、門弟らが囲んだ。

それを見て、段兵衛が浪人衆の間に割って入る。

「雑魚《ざこ》はわしにまかせておけ。鎖帷子ごとぶった斬ってやる」

段兵衛が吠えた。

俊平もそれに合わせて踏み込んでいく。

兵法者《ひょうほうしゃ》然とした総髪陣羽織の神野が、目を剝いて迎え撃つ。

数合刀を合わせると、夜陰に刃の打ち合う光華が散った。

俊平が体をずらせるように斜め前に踏み込めば、神野の上段からの剣が風音をうならせて空を断つ。

俊平はさらに踏み込むと、入れちがうようにして、神野の胴を払った。

神野の体がぐらりと揺れて、そのまま木偶《でく》のように斜めに崩れた。

口ほどにない。

段兵衛も、五人ほどの門弟を相手に斬り結んでいる。

激しく胸を打たれ、脳天を破られた門弟どもは、つぎつぎと崩れていった。

段兵衛の豪刀の前に相手は成すすべもない。

慎吾がそれを見て、刀を抜いた。

「慎吾、やめておけ。おまえは風次郎と多佳を護るのだ」

俊平が振りかえって叫んだ。

慎吾が悔しそうに刀を鞘に落とす。

ひるがえって俊平は、さらに門弟三人を峰打ちに倒すと、残った男たちはとても相手にできぬと闇を縫い、足早に駆け去っていった。

「あ奴らは、俊平と剣の技比べをしたいと持ち構えていたわけではない」

段兵衛が言った。

「むろんのことだ。初めから風次郎を付け狙っていた。つまりは、いずこかの藩のまわし者だろう」

俊平は、風次郎と多佳の無事をもういちど確かめて歩きだした。

二丁ほど町をすすむと、前方、夜陰の奥に人影がひとつ浮かび上がっている。

「俊平、またあそこに誰かがいるぞ」

段兵衛が、小声で俊平の耳元で呟いた。

「うむ、奴だ」

俊平が目を細めて言った。

ゆっくりと刀の柄に手を掛けた。

向島の土手で対決を避け、駆け去っていった刺客である。

「慎吾、まだ蠟燭《ろうそく》は残っていたか」

俊平が、消えてしまった提灯の灯りを点すよう慎吾に命じた。

夜陰にまた、ぽつりと灯りが点《とも》る。

五人の姿が、明るく闇に照らし出された。

前方の男の姿が、ほんのりと明るく浮き上がった。

白い着流し、髪は髷を崩して長く垂らし、その細面の顔のなかばは隠れている。

闇に立ちはだかるその姿は、どこか幻影のようである。

「また現れたな。さっきの男たちの片割れか。おぬし、誰に頼まれた。およその察しはつくが」

「知らぬな」

男が薄笑いを浮かべて言った。

「ならば、こちらから言ってやろう。おぬしの示現流から見て、雇い主は薩摩藩――」

「だったら」

男は小さく首を傾げた。

「将棋は、剣と同じ。強い者が勝つ世界だ。風次郎が勝つからといって、逆恨みするのは筋ちがいだ。ご藩主にお伝えせよ」

「おれの知ったことではない。おれは、ただ人に頼まれて風次郎を殺す。それだけのことだ。邪魔だてする者は、誰でも殺す。たとえ柳生でもな」

「おれは、決めたよ」

風次郎が、いきなり声を上げた。

「おれは、御城将棋にはもどらねえ」

「風次郎、どうしてもか」

俊平が、念を押すように言った。

「ああ、こんな奴らに次から次、命を狙われるのは、うんざりだ。おれには湯屋での将棋が合っている。おれの将棋は、いつも真剣勝負だ。江戸に相手がいなくなれば、京、大坂へ移ればいい。転々と日本を渡り歩き、食いつないでいく」

「わかったよ」

多佳が風次郎に抱きつく。

俊平もうなずいた。

「聞いたか、うぬら刺客たち。もはや、風次郎に刀を向けたところで意味はない。立ち去れ」

「そうはいかぬ」

「なに！」

段兵衛が、胴田貫の柄《つか》に手を掛け、前のめりになって男を睨んだ。段兵衛はいささか眼が近い。

「柳生とは、切っても切れぬ因縁ができている。一度雌雄《しゆう》を決すると心に決めたからには、どこまでもおまえに食らいついていく」

「どうあってもか」

俊平が言って、じりと前に出た。

こういう手合いは、言って聞く男ではない。俊平は対決はもはや不可避と見ている。

「俊平、得体の知れない男だ。気をつけろ」

段兵衛が、すぐ脇に立った。

諸国を遍歴《へんれき》し、様々な剣客と立ち合ってきた段兵衛の勘が、男の異様さを嗅ぎつけたらしい。

「私もそう思う。どのような剣を秘めているか、見当もつかない。人を斬るために生まれてきたような男なのだろう」

「問答無用、まいる」

男が滑らせるように刀身を抜き、トンボの構えで剣を前につけた。

そのまま、叫ぶでもなく、するすると踏み出してくる。

あっという間に男は俊平に迫り寄っている。俊平は後方へ後ずさった。

と、男が激しく動いた。

颶風《ぐふう》にも似た速さで、前に大きく踏み出してくる。

その足どりは異様な速さである。

間髪《かんはつ》いれず、三間、二間、一間と、両者の間は狭まり、男の白刃が左右に斬り分けられ、俊平に迫った。

ビュン、ビュンと刀身が唸る。

その撃ち込みは、荒く激しい。

かろうじてそれを受け、俊平は後方に飛び退いた。

次に、思いがけないことが起こった。

男が、そこからさらに踏み込んできたのである。

崩れるように体を前に流し、そのまま倒れ込むような体勢で激しく突いてくる。

剣先が生き物のように蠢き、俊平の喉頸まで切っ先が延びてきた。

俊平はうっと呻いて、さらに後方へ逃れた。

荒く息を継ぐと、俊平はとっさに左へ回り込んだ。

間合いはふたたび三間――。
男は笑っていた。
「次はおまえの喉頸を突き抜き、留《とど》めをさしてやろう」
男が、冷ややかに言った。
俊平は目を閉じ、小さく吐息して前に出た。
両者の息がいちだんと速くなった。
闇のなか、二つの影が結び合い渡りあう。
俊平の身体がふらりと揺れ、前に崩れるかに見えて、男と擦れちがっていた。
俊平の剣は小さく畳まれ、逆手に取られ、男の胴を払っている。
「うっ！」
男はそのまま身動きできず、いきなり激しく血反吐《ちへど》を吐いて、どさっと前に崩れた。
「やったな、俊平！」
段兵衛が、慎吾が、駆け寄ってきた。
俊平は大きく息を継ぎ、足元の倒した男を見下した。
と、遠く数騎の駒音が聞こえてきた。
闇を透かしてみれば、頭巾《ずきん》で顔を覆った武士が五人、揃ってこちらに向かってくる。

中央の男を警護するように囲んでいる。

よほど高貴な身分なのであろう。いずれも、その身形《みなり》に一分の隙もない。

騎馬隊は、馬に軽く鞭《むち》をくれると、勢いをつけて俊平らに近づいてくる。

強く手綱《たづな》を引いてしばらく馬を停め、倒れた浪人と俊平をそれぞれ一瞥《いちべつ》すると、顔をそむけ、そのまま再び馬に鞭を入れ、駆け去っていった。

「あれは、何者であろうな」

段兵衛が、ぼそりと言った。

「薩摩藩の者か――」

「そうであろうの」

俊平が、その後ろ姿を睨み据えた。

「よほど高位の者、あるいは、島津継豊その人かもしれぬ」

俊平が、独白するように言った。

「なに」

段兵衛が、あらためて、駆け去っていく騎馬隊の男たちの背を見送った。

三

「おれにとっては、お局さまたちのこの館が、今でもいちばん落ち着ける場所のような気がするんだ」

風次郎はそう言って、賓客《ひんきゃく》の集まった二十畳はある広い客間をぐるりと見まわした。

その日は、風次郎が伊藤家の襲名を正式に辞退した日にあたり、風次郎のその生き方には賛否両論があるものの、

――その気持ち、わからぬでもない、

と、みな風次郎に理解を示し、声援を送るため、新しい出発の会に集《つど》ったのであった。

そんな宴席で、風次郎の口から思いがけない言葉が出たものだから、一同小首を傾げた。風次郎とお局さまのかかわりがよくわからない。

「そう言っていただけるのは嬉しいけど、風次郎さん、それはまたどうしてなのかしら？」

しばらくの間、風次郎の身のまわりの世話まで焼いてやっていたこともある吉野が、いちだんと精気を取りもどした赤ら顔の風次郎に尋ねた。

「江戸に出て、いちばん初めによくしてもらった家だからかもしれねえ」

風次郎が、飾ることのない口ぶりで言った。

「風次郎さんによくしていたなんて思ってはいないけど、あたしたちも、風次郎さんと同じ生き方を選んだからかもしれない」

雪乃が言った。

「ほう、それはどういうことだ」

立花貫長が、身を乗り出すようにして尋ねた。

「あたしたちは、追い出された口だけど、窮屈なお城づとめを辞めて、自由な新天地に飛び出したとも言える。それは風次郎さんも同じでしょう。だから、きっとどこか馬が合うのよ」

「なるほどの。そういう考え方もあるのか」

貫長が雪乃の話に感心した。

「今日は、風次郎さんの好きなものを、たくさん用意しました。好きなだけ食べていってくださいな」

綾乃が、年下の若い女たちを従え、台所から料理の品々を運んでくる。江戸前の魚、それも眼を瞠《みは》るほどの品数であった。

「風次郎さんは、江戸の白魚が大好物だったから、特別に注文しました」

風次郎は、多佳と眼を見張る。

「嬉しいねえ。これだから、江戸は離れられない」

「ところで、風次郎さんは、これからどうするつもり？」

雪乃が、風次郎の盃に酒器を向けて言った。

「しばらくは松乃湯で、勝負相手を募るとするよ。当分の生活は大丈夫だ。どうしても相手が出て来なくなったら、京や大坂に移るかもしれないが」

「でも、多佳さんの絵の修業のためにも、なるべく江戸に残ったほうが、いいのではないかしら」

俊平の隣で、伊茶が言葉を添える。

「そうですね。できるだけ、江戸で頑張ってみますよ」

「それがいい」

それを聞いて、俊平が風次郎の肩をたたいた。

「嬉しい……」

多佳が、風次郎に絡みつく。

「なに、生きることくらい、どこにいてもできる。この国はとても広い。京、大坂もあれば、九州もある」

「そうだな、風次郎。もし柳河に帰ってきたら、まずいちばんに、わしの筑後三池藩に来い。歓待するぞ」

そう貫長が誘いかければ、

「四国は、伊予《いよ》の小松藩だ。忘れるなよ。藩を挙げて歓迎しよう」

一柳頼邦も負けじと言った。

「それにしても、やはりこうした方法しかとれぬものかの」

段兵衛が、ちょっと未練がましい口調で言った。

「伊藤家を離れる話か。野人のそなたが、めずらしきことを言う」

俊平が意外そうに段兵衛を見かえした。

「いやな、風次郎が日本一となって、天下に名を轟《とどろ》かすのもちょっと面白いと思ったのだ。古い家元制度などぶち壊すのも面白いではないか」

「しかし内心、みな安堵しているのではないか。これで賭けはこれからもつづく」

「まあ、それはあろうが、今度は伊藤家がたいへんだ」

「そのこと。柳之助さんが、やはりおれが頑張らなくてはなるまいか、と言ってらっしゃいましたよ」

吉野が、みなをみまわして言った。

「ほう、あ奴も、腹が据わってきたか」

俊平がにやりと笑って言った。

「なんでも、お師匠さまの宗順殿を伊藤家に招き、特訓をしてもらおうというお話のようです」

と吉野が言えば、

「まさか」

と、風次郎が苦笑いを浮かべた。

玄関に人の気配がある。吉野が出てみると、訪問者は、なんと寺社奉行の大岡越前守《おおおかえちぜんのかみ》忠相《ただすけ》であった。

「はて、妙な人物が訪ねて来たな。何用であろう」

俊平が盃を置いた。

越前守忠相は、吉野に導かれ、するすると部屋に入ってくると、

「風次郎なる者は、これにおるかの」

と、すこし険しい表情をつくって言った。

「そち、伊藤家に養子縁組し、名代を継ぐと幕府に申し出ておきながら、今度は辞退するなどと言うて、みなを困らせおる。これは、はなはだ遺憾《いかん》」

と、叱るように言ってから、

「じゃが、安心せい。この儀、正式に認められた」

と最後に付け加えた。

「大岡様、何故そのようなことを、直々《じきじき》に」

俊平が、驚いて問いかえせば、

「将棋所は、寺社奉行の管轄でござってな。それゆえ、これも、それがしの職務のうち――」

と、俊平を見かえし、笑った。

大岡忠相は、今は寺社奉行を拝命している。

「それがしの職務はこれまで。しかし、じつはな。上様より、風次郎に餞別《せんべつ》を託された」

と忠相は意外なこと言い、懐から紫の袱紗《ふくさ》を、重そうに取り出した。なかは小判らしい。

「三百両ある。謹んで受け取るがよい」

「さ、三百両」

風次郎が、盃を投げ出して平伏した。

「さらに、上様から伝言もある」

「へ、へい」

風次郎は、小刻みに震えた。

「旅に飽きたら、時には城へ顔を出し、余に将棋を教えてほしい、との仰せであった」

「め、滅相もない……」

「いやいや、上様はそちの将棋を贔屓にしておられる。ぜひとも、そういたせ」

念を押すように忠相が言えば、風次郎は、おそるおそる納得して頷いた。

「風次郎、めでたい席となった。されば、将棋に賭けるそなたの抱負《ほうふ》を、聞きたいものだな」

俊平が、盃を置いてあらたまり、風次郎に尋ねた。

「そんな難しいこと、すぐには言えませんが、そうだな、いずれ将棋の本を書きてえものでさ」

「ほう、将棋の本か」

俊平が、段兵衛と顔を見あわせた。

「詰将棋の本がいい。どうせなら、三十年、いや五十年経っても、誰も解けねえほど頭が痛くなるのがいい」

「おまえなら、きっと書き上げられような」

「他にはないか」

段兵衛がさらに訊ねた。

「そうだな。柳河にもどったら、お師匠の宗順先生と、ゆっくり十番勝負がしてみてえ」

「おぬし、宗順殿を破ったのではなかったのか」

貫長が言った。

「いや、あの人は、すっとぼけた御方だ。負けたいと思えば、負けられると言っておった。あの時は、おれに華をもたせただけだったかもしれねえ。十戦やれば、およそのことがわかる」

風次郎は、探るような眼差しになって言った。

「なるほどな。上には上がいるというわけだな」

俊平が言えば、一座の者がふむふむと頷き、次にどっと笑いが起こった。

四

「日本橋は竜宮城の港などというが、まことにの」

俊平が目を細め、日本橋の橋の上に立ち、町の賑わいをぐるりと見まわした。

同行の風次郎も宗順も思わず、辺りを見まわし感嘆している。

伊藤柳之助は、その姿を笑って見ていた。

五街道と海岸によって、全国から物資が集まり、さらに橋のたもと近くには魚河岸も並んで目を奪う活況ぶりだ。

橋の上からは、運河や河岸が数多く設けられ、問屋の倉庫が白壁を見せて並んでいるのが見える。

「なにやら、江戸を離れたくなくなったの」

すっかり旅支度をととのえて帰路に付くはずの宗順が、ふと未練がましく足を止めた。

「お師匠さまは、まことに江戸がお好きでございますな」

風次郎があらためて感心してそう言えば、

「私の半生が、いや、生涯ほとんどが江戸にあった。柳河はやはりちと淋しい」

宗順が風次郎に向かって嘆いた。

「そのような。藩から大切にされておられ、なに不自由のない暮らしぶり、贅沢を申されます。それに、江戸に出て来たければまたいつでも出て来ることはできます。私がいつでもお迎えいたしますぞ」

風次郎が笑って言いかければ、

「この老いぼれは、そなたが頼りじゃ」

などと宗順は、風次郎を持ち上げてみせた。

「そなたは、この江戸でひとまわり大きくなった。まことに頼もしい男となったようじゃぞ」

宗順が目を大きく見開いて風次郎の肩を押さえれば、

「まことよ。風次郎は、今やどこに出しても恥ずかしうない将棋指しだ」

俊平も、笑ってうなずく。

「柳生先生にそこまで言っていただくと、なにやら……」

風次郎が、珍しく目頭《めがしら》を熱くしている。

「よいか、そなたはもはや、師としてのわしの言葉など聞くまいが、もしいまだ師への想いを持つならば、三つほど言い残しておきたい」

宗順が、あらたまった口調で言った。

「はて、なんでございましょうな」

「まず、そなたは勝負将棋の世界に生きることを心に誓った。そうである以上、勝負をあきらめることは絶対にするな」

「もとより、でございます」

「うむ。たとえ敗色濃い時も、倒れるまで勝つことのみを思うのじゃぞ」

「誓って」

風次郎がうなずくと、

「よいか。立身出世など考えるな。地位も名誉も、後から付いてくるものじゃでの」

「けっして考えませぬ」

風次郎は、言って師の手を取った。

「それでよい。それにの。昇りつめたなどと考えた時から、転落が始まるものじゃ」

「まこと、それは剣の世界にも通じる話だな」

俊平が、段兵衛と顔を見あわせて呟いた。

「でも、おれにとっちゃ、それほど難しい教えじゃないよ。いつも、そんなふうに考えて将棋を指してきた」

風次郎が誇らしげに言った。

「そうだな。おまえはそんな男だった。だから、御三家の将棋も断ったのであろう」

「そうだよ。どんなに気持ちがすっきりしたか……」

風次郎は、風に向かって立つようにして言った。

「なによりも、その気持ちを大切にしたい」

話を聞いていた柳之助が、苦笑いして、私も宗順先生の教えを守るつもりと言う。

「柳之助、あらためてなにを言う」

段兵衛が、怪訝な顔で問いかえした。

「じつは、私は兄から伊藤家を継ぐよう正式に求められました」

「その話は耳にしていたが、ついにそなた、決心がついたか」

俊平が訊ねた。

「はい。私も風次郎殿や宗順殿と出会い、御城将棋といえども基本は真剣勝負、勝負に生きる者であることは変わりないことに気づきました。宗順殿の心を忘れず、しっかり対局に打ち込みたいと思います」

「それはよいな。御三家がそれぞれに腕を磨き、気概を蓄えていけば、かつての御城将棋の面白さが蘇ろう」

俊平が柳之助の肩を取って励ました。

「さよう。わしも伊藤家にはあなどれぬ力が眠っておると考えておる。柳之助殿も、気合をこめて頑張られよ。これからいくらでも強くなろう」

宗順が、柳之助の手をしっかりと摑んだ。

「そこで、風次郎殿に折入って相談なのです」

柳之助が、あらたまった口調で風次郎に語りかけた。

「柳之助さん、なんだね」

「あんたはすこぶる強い。ぜひ、私の師となって将棋を教えてほしい」

「私が……？　あんたには宗看さんがいるだろう」

「宗看は、病いを得ている。むろん、兄にも教えを請うが、あんたにも教えて欲しいのだ。私は一刻も早く強くなりたい」

「その気持ち、わからなくもないが……」

風次郎が躊躇して、頭を搔いていると、

「風次郎、よいではないか、柳之助殿がそこまで言っているのだ」

段兵衛が、その胸をついた。

「それに、風次郎さん。あんた、伊藤家の縁者であることに変わりはない。門弟たちはみな、あなたの腕を心底買っている。今でもあんたを師と思っているのだ」

「まことか」

「まことも、まことだ。どうか、伊藤家を助けてくれ」

「はてな。そこまで言われれば……」

風次郎は苦笑いして、頭をぽりぽりと掻き、小さくうなずいた。

「それと、これは仙台藩からの頼まれ事だ。ぜひ風次郎さんに聞いてみてくれとのことだ」

柳之助が風次郎の顔をのぞき込んだ。

「はて、仙台藩から、なんのことだろう」

「藩の将棋好きに、将棋を教えてやってくれないか、とのことだ」

「私が、仙台藩のひとたちに、嘘だろう」

思わず師宗順を見かえした。宗順は笑っている。

「このようなこと。冗談で話せるものではない。宗順殿が江戸を離れると聞いて仙台藩の人々はひどく残念がり、風次郎さんに代わりにぜひ将棋を教えて欲しいと言っている」

「だが、私は伊藤家の将棋から離れたのだ。よいのか」

「そんなことは、どうでもよいらしい。賭け事に狂っているのは、藩の上の連中でね。川島庄右衛門さんのような人たちは、将棋が強くなりたいと素直に考えているだけよ」

「それは、まあそうだろうが……」

風次郎は、どうしてよいかすぐに判断できず、俊平を見かえした。

「よいではないか。風次郎。将棋好きに悪い者はいない。あの連中は、賭け事に関係がない」

俊平がそう言えば、

「頼みます。風次郎殿」

柳之助が深々と頭を下げた。

「それじゃあ」

風次郎の顔をのぞき込んだ。

風次郎は小さくうなずいた。

「じつは、わしは風次郎の江戸での生活がちと気にかかっていたが、これで安心できたな」

宗順が、ふむふむと笑ってうなずいた。

仙台藩からの謝礼で、風次郎の生活が安定すると見たらしい。

「されば、皆の衆、また会おう。柳生殿、風次郎のご後見痛み入る。将棋しか知らぬうつけ者でござる。これからも、どうぞよしなに面倒をみていただきたい」

宗順は、そう言って深々と俊平に頭を下げた。

「なに、私も大の将棋好きだ。風次郎からは、あれこれ学びたい。こちらこそ、よろしく頼むよ」

そう言って、風次郎の肩をたたけば、宗順がとぼとぼと歩き出した。

「先生、またもどってきてくだされよ」

水鳥が数羽、弧を描いて、旅路をゆく宗順の頭上を舞っている。

風次郎が感極まって叫べば、道をゆく人々が、その大声に驚いて足を止める。

「きっと、もどってくる」

宗順が、また四人に向かって笑って振りかえった。

みな、宗順が豆粒のように小さくなって消えていくまで、いつまでも見送ることをやめようとしなかった。

時代小説

二見時代小説文庫

龍王《りゅうおう》の譜《ふ》　剣客大名《けんかくだいみょう》　柳生俊平《やぎゅうとしひら》16

著者　麻倉一矢《あさくらかずや》

発行所　株式会社 二見書房
〒一〇一-八四〇五
東京都千代田区神田三崎町二-一八-一一
電話　〇三-三五一五-二三一一［営業］
　　　〇三-三五一五-二三一三［編集］
振替　〇〇一七〇-四-二六三九

印刷　株式会社 堀内印刷所
製本　株式会社 村上製本所

落丁・乱丁本はお取り替えいたします。
定価は、カバーに表示してあります。

 ISBN978-4-576-20128-3
https://www.futami.co.jp/

麻倉一矢

剣客大名 柳生俊平

シリーズ

以下続刊

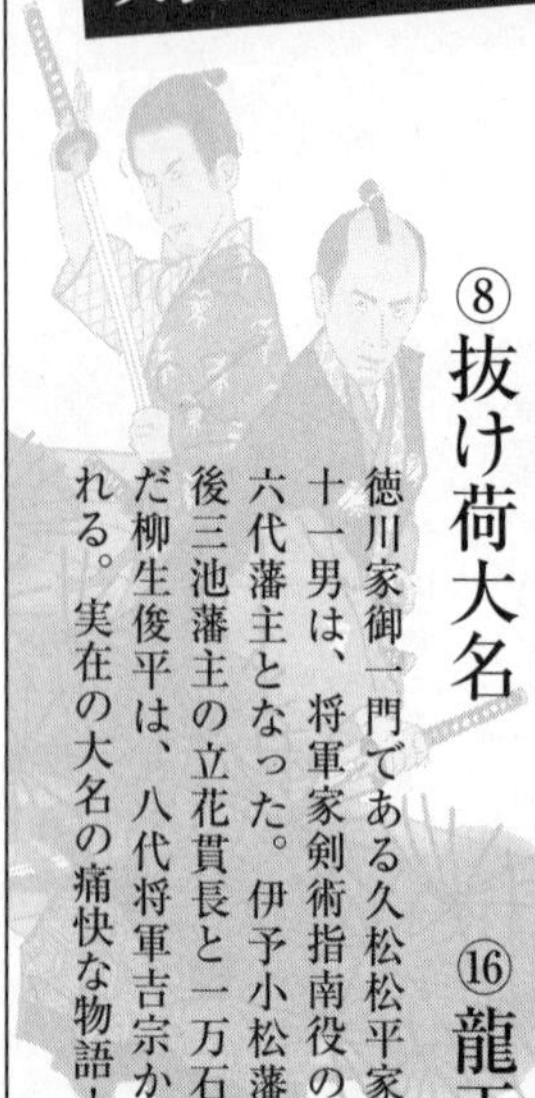

徳川家御一門である久松松平家の越後高田藩主の十一男は、将軍家剣術指南役の柳生家一万石の第六代藩主となった。伊予小松藩主の一柳頼邦、筑後三池藩主の立花貫長と一万石大名の契りを結んだ柳生俊平は、八代将軍吉宗から影目付を命じられる。実在の大名の痛快な物語！